愛麗絲Online
03
END
棋盤篇
著｜草草泥
繪｜SIBYL

目錄

序　仙境裡的帽匠

第一次看見競技場上那道黑色身影時，他的內心無疑是震撼的。那個人散發著令人難以親近的氣場，表情凶狠、氣質冷峻，彷彿天塌下來也不會有半分恐懼，如此的無懈可擊。

就好像來自平行世界一般，那是他在現實裡幾乎不會接觸到的對象。也因此，當親眼目睹有這樣的人存在時，他的內心掀起了驚滔駭浪。

如果說他的笑容是一種堅強的表現，那麼，那名黑色死神的冷酷肯定也是種堅強的表現，且比他更加堅不可摧。

他忍不住迷上了那道身影，他希望像那個人一樣強大，所以鍥而不捨地追在對方身後。

總有一天我會打敗你。他對那個人說。

哪怕只是一點點也好，他想要得到那份強大，但他很清楚自己無法成爲那個人，於是只能藉由一次又一次地敗在對方的槍口下，來衡量自己是否又離那個人的境界更接近一步。

可是，在反覆的糾纏之中，這份感覺逐漸變了調。

他發覺那名死神並不像外表那般冷漠無情，其實對方個性很好，非常照顧他，更一再縱容他的任性。然而明明如此縱容，卻又不准他逃離。

他就像追逐著兔子的愛麗絲，為此掉入了深不見底的洞穴，再也無法回到原本的世界。

因為不知何時，仙境裡的帽匠牢牢抓住了他，那執著的眼神有如要看穿他的笑容，讓他無所遁形。

這一刻，他終於開始心慌了。

Chapter 1 愛麗絲身邊的帽匠

從夢中驚醒，江牧曦一臉呆滯看著前方，似乎仍未完全清醒。

太陽早已升起，耀眼的陽光照亮了整個房間，他搔搔頭，有些困惑地眨了眨眼。這裡是他的房間沒錯，但好像跟他平時起床後會看見的景象不太一樣。

他往下一瞥，這才發現自己坐在地上，床鋪離他有幾步之遙。江牧曦頓時想起自己睡在地板的原因——睡前他坐在小桌子前，一邊用手機跟帽犯成性通話，一邊寫作業，寫到一半想休息一下便往後一躺，然後……就沒有然後了，他的記憶到這裡就中斷了。

他左顧右盼，很快在附近的地上發現自己的手機，於是起身去拿，卻忍不住哀鳴了一聲。在冷硬的地面睡了一整晚，此刻他渾身有股說不出來的痠痛感。

當他查看著未讀訊息時，手機鈴聲響了，他毫不猶豫地接聽。

「喂，老媽，妳怎麼這時候打來？」江牧曦一邊說話，一邊忍著痠疼緩緩站起身。「噢對啊，我今天會回去，大概傍晚到吧。不用特地爲我做菜啦，我路上順便買晚餐回家一起吃。」

他低低笑著，語氣相當溫順，就像一隻被順毛的黃金獵犬。「妳說姊？前陣子我們才吃過飯，她看起來過得不錯。嗯，對，爸爸應該也還是老樣子。妳如果想念

「哇靠真的假的？你沒嚇哭吧艾利西？」坐在他附近的貓不笑偶然聽見這番話，震驚地轉過頭。「那個啥，很多學校都有鬼故事不是嗎？你還一個人待在那，腦中應該會浮現不少聽過的鬼故事吧？」

「啊，我待的舊校舍就是有傳出靈異故事的那棟。」無視貓不笑發白的臉色，艾利西繼續說：「那天晚上去廁所時，我確實好像聽到了一些怪聲，廁所的燈還莫名其妙打不開，所以我就放棄了，反正摸黑一樣能上廁所。只是上到一半，最後一間廁所的門卻忽然砰一聲關上。」

「靠靠靠你這是遇鬼了啊！絕對是遇鬼了啊！」貓不笑嚇到一把掐住坐在旁邊的貓膩，力道大到讓貓膩的眼神都死了。

「我不知道耶，那時我想說怎麼回事，跑到最後一間廁所看了一下，還開了門，可是什麼也沒有，應該是我聽錯了吧？總之最後我就回教室了。」

「……」

帽犯成性的反應比貓不笑要冷靜得多，他眼神複雜地盯著艾利西。「你發現自己被困在學校後，沒有打電話求助嗎？一整晚沒回家，家裡的人不知道？」

「我醒來後有打給我老媽啦，跟她說我留宿同學家。」見帽犯成性不太認同的樣子，艾利西趕緊幫自己緩頰。「睡在學校沒什麼大不了的呀，睡教室是睡，睡家裡也是睡，哪邊都一樣。」

沒想到，帽犯成性的神色更加冷峻了，於是艾利西連忙喊：「不過下次又被困在學校的話，我會告訴帽犯的！我絕不會說謊，被困住當下第一件事就是叫你來救我！」

「……」

艾利西仔細觀察帽犯成性的反應，對方的眉頭鬆開了，但依舊面無表情看著他，彷彿有千言萬語想吐槽，最後卻選擇對他放棄治療。看樣子，他剛剛的回答雖然不是滿分，至少也算及格了？

「光看你們相處就覺得累。」貓不笑搖了搖頭。他在旁邊看都感覺帽犯成性是個難搞的人了，艾利西居然能天天與這傢伙聊天，簡直不可思議。

而艾利西很快地反駁：「我男神的好哪是你們能理解的——」

他話說到一半，酒館的門「砰」一聲被推開，一隻柴郡貓跌跌撞撞闖了進來，狼狽地跌坐在地痛哭出聲。

「十葉？你怎麼了？」貓不笑大驚失色，與其他被嚇到的柴郡貓一同站起來，圍了過去。

「怎麼回事？」

「等等，我有沒有看錯，你的等級發生什麼事！」

「我的老天，你去哪了啊，怎麼掉了整整五級？」

「我被棋盤城的人痛毆了！」名爲十葉的柴郡貓哭喊。「我在路上看到一個玩家裝備挺好，就偷偷接近摸了一把，沒想到當場被抓包！對方好死不死是大公會的人，一群人直接在街上揍我，我被殺回重生點後他們還搭人繼續打！我死了好幾次，好不容易才找到機會逃回來……」

「你、你……唉，哥不是跟你說過別去棋盤城撒野嗎！棋盤城最近風聲鶴唳，你去偷棋盤城幹麼！」得知前因後果，貓不笑相當頭痛，一邊把人扶起來一邊碎碎念著。

「哪個公會？」始終靜默不語的貓膩開口了。

「是毒蘋果，他們一邊揍我一邊要我記住這個名字！」似乎是想到當時的情景，十葉哭得更加傷心了。

「咦？」聽見這個熟悉的名稱，艾利西站了起來，朝十葉走去。「你說毒蘋果？」一看見艾利西，十葉立刻衝過去抓住他的雙臂，激動地說：「艾利西！沒記錯的話，你是毒蘋果女神的弟弟吧？拜託你了，一定要替我討回公道啊！」

「說這什麼傻話，艾利西又不是咱們公會的，而且就算是，他也幫不上忙。現在棋盤城的風氣就是這樣，沒看到最近遊戲討論區都吵成什麼樣子了嗎？」

「等等，棋盤城發生了什麼事？」艾利西一頭霧水。

雖說圍毆十葉的正是毒蘋果的人，但他依舊不禁擔心起莉莉西亞，他姊姊可是棋盤城第一大公會的女神，幾乎可以說是棋盤城的中心，若出了什麼事，肯定少不了莉莉西亞的份。

「你不知道？棋盤城最近風波越鬧越大，整座城都雞飛狗跳的。」貓不笑仰天嘆息一聲。「就拿十葉這件事來說好了，這什麼跟什麼啊？茶會森林跟紅心城會發生這種在重生點反覆痛毆玩家導致掉等級的狀況嗎？」

艾利西似乎抓到重點了，他略顯呆愣地問：「棋盤城開放PK？」

無論是紅心城還是茶會森林，只要在主城裡，就無法對其他玩家造成傷害，玩家們都能放心地在主城內活動。所以，艾利西從未想過棋盤城並非如此。

「沒錯，在那個主城裡，PK是被允許的，不過有條件就是了。話說，你該不會還沒去過棋盤城吧？」貓不笑瞪大眼睛，難以置信。「五十五等了還沒去過？你之前都在幹麼？」

「到處跑啊，不急嘛。」艾利西笑嘻嘻地說。「好遊戲就是要慢慢享受，才能體會其中的樂趣。」

他已經在《愛麗絲Online》裡待了好一段時間，卻仍有許多地方尚未造訪，不過這是有原因的。

由於艾利西與貓不笑之前曾約好要一起刷副本，於是兩人便各自帶了帽犯成性和貓膩來組隊，想不到兩個大神發現這樣組隊刷起來速度特別快，而正好他們都在嫌棄自家夥伴的等級，因此便拉著艾利西跟貓不笑一刷再刷，刷到最後貓不笑想哭的心都有了，連艾利西也忍不住向帽犯成性求饒。

副本這東西打第一次還算有趣，打到上百次就無聊了，偏偏所謂的大神似乎從不會覺得刷副本無聊，在這般折磨下，艾利西的等級終於被死拖活拉地提升到了五十五等。

但如今聽聞棋盤城的消息，艾利西認爲自己該去那裡看看了，雖然莉莉西亞有大公會倚靠，他還是有些在意實際情況。

「我好像應該去棋盤城一趟了。」艾利西說完，小心翼翼地看向帽犯成性。

帽犯成性自然知道他在想什麼，他瞄了他一眼，語氣冷淡。「隨你便。」

艾利西歡呼一聲，興奮地朝貓不笑他們揮揮手。「那我先走一步啦，去探險了！」

「你別走啊，還沒七十等你走什麼？難道你要丟下哥一個人跟貓膩刷副本刷到吐嗎？」貓不笑哭喪著臉對率先脫離苦海的艾利西說，不過艾利西不爲所動，很沒良心地逕自笑著跟其他人道別。

見艾利西要走了，帽犯成性也果斷起身，兩人一同離開。然而他們才剛踏出酒館，便冒出一群人擋住了去路。

帽犯成性二話不說取下背上的武器，神色冰冷盯著這群不速之客，表情大有「敢擋我路就死」之意。

艾利西好奇地打量著這幾個玩家，總共有五人站在他們面前，其中等級最高的也才六十等，與帽犯成性差了一大截。他感覺這些人應該不是來找碴的，但也猜不出他們的用意。

「冷靜冷靜，黑桃二先生。」爲首的白騎士玩家連忙伸手制止。「我們不是來找麻煩的，只是想邀請你。」

帽犯成性的神色仍然冷得彷彿可以把人凍死。

白騎士咳了一聲，露出自認最親切的笑容開口說明：「我們棋盤商會誠摯邀請您加入，目前棋盤城風聲鶴唳，有不少玩家盯上了我們會長的項上人頭，所以我們想邀請被稱為競技場戰神的您來保護會長。當然，僱傭的價錢一切好談，您知道的，我們的資產可是數一數二的多，該花錢的時候絕不會手軟。」

艾利西光聽就明白這肯定是筆穩賺不賠的大生意，請滿等大神當隨身保鑣這種事，一般玩家根本想都不敢想，也只有棋盤商會這種資本雄厚的勢力才做得到。

但是，帽犯成性卻這麼回答了——

「免了，我不缺錢。」

他的語氣充滿冷漠與不屑，此話一出，棋盤商會的玩家們個個睜大眼睛。

「那、那個……」白騎士吞了口口水，艱難地說。「如果您不喜歡隨時跟著我們會長，那可以等有重要活動時再出席也沒關係。我們絕不會虧待您的，像您這麼高等的玩家，肯定開銷很大吧？錢這種東西永遠不夠用的。」

就像是說好了似的，帽犯成性跟艾利西很有默契地同時轉頭對視，一個表情依舊冷淡，一個露出燦笑，猝不及防被閃了下的白騎士呆了呆，頓時意會過來，內心忍不住連連咒罵。

對啊，帽犯成性現在有艾利西啊！

在艾利西來到這個遊戲之前，帽犯成性是出了名的窮大神，可是如今他的身旁多出這位愛麗絲後，一切都不一樣了。艾利西是出了名的人品好，又異常迷戀帽犯成性，無論打到什麼寶物都雙手奉上。隨著等級和實力漸漸成長，艾利西能應付的怪越來越多，刷起寶來更是如魚得水。因此，在艾利西的熱烈「追求」下，帽犯成性簡直要什麼有什

「對啊，你們能不能跟我解釋一下是怎麼回事？」

「可以啊。」為首的白騎士玩家笑了笑，與旁邊的夥伴們交換一個眼神，露出興奮的神色。「剛到棋盤城的黑陣營玩家都要經過前輩們的洗禮！大夥兒上，打死他！」

「咦？」艾利西呆愣在原地，還未反應過來，許多武器已經招呼到他身上，嚇得他往旁一彈，卻很快又被其他玩家推回人群裡，所有人沒頭沒腦地瘋狂攻擊他。

「等、等等——」艾利西慌了，這是他第一次在主城中嘗到血量飛快下滑的滋味，當血量以太快的速度減少時，玩家是會感到暈眩的。

情急之下，艾利西發動了變小技能，試圖從包圍他的眾人手下逃走。然而才剛衝出去，便發現一堆原本待在車站的玩家不知何時都靠了過來，也神情嗜血地對他展開了攻擊。

「別走啊，哈哈哈！」

「黑陣營就是該打！大家快來！」

縱使曾在茶會森林創下無人可擋的戰績，在毫無心理準備的情況下，艾利西仍是被打得措手不及，不出一分鐘便躺屍在地。

直到他的屍體即將噴回重生點了，玩家們仍圍在他身旁無情地嘲笑他。

「嗚嗚……」

雖然在向帽犯成性道別時，艾利西就暗示過自己準備玩到掉等級，但這只是為了激怒對方隨便說說的而已，他並沒有眞的這麼打算。

「太誇張了吧，棋盤城到底是怎麼回事？」他盤腿坐在重生點上，茫然地看著前方。難不成棋盤城本身是一個超大型副本，所以他才會一來就遭受圍攻？

他拍拍身上的灰塵，踏出重生點所在的建築後，外面的景色讓他不禁驚嘆出聲。

眼前是一座繁榮的城鎮，周圍的建築物清一色為白色系。米白色石磚整齊地鋪成道路，兩旁立著一整排精緻的歐風小屋，屋頂和牆壁也是粉白色調，拿鐵色的籬笆上則攀滿了白玫瑰。走在路上，片片白玫瑰花瓣不時在空中翩翩起舞，與他擦身而過，如此畫面讓艾利西一時看呆了。

「很好，我一定要在這裡買個家。」艾利西點點頭，對自己的決定感到十分滿意。

他不明白看來這麼溫馨的城鎮為何會發生方才那種喋血事件，他猜棋盤城玩家的日常大概是揍人與被揍，而挨揍的那方肯定是黑陣營的。

街上有零星幾位玩家，這些玩家沒有像剛才那群人一樣見人就打，不過艾利西不敢掉以輕心，畢竟這些玩家都是白陣營，也許他們只是還沒對他發動辨識技能罷了。

在棋盤城裡，黑陣營的玩家就像消失了一般，他至今還未看過任何一個和自己同陣營的人。

「你聽說了嗎？棋盤商會的會長嵐月砸錢尋求黑桃二先生的庇護，結果被拒絕了呢。」

「當然聽說了啊哈哈，那個財大氣粗的公會總算踢上一次鐵板了。但說真的，我也搞不懂黑桃二先生，我要是像他那麼強，早就加入毒蘋果公會了。我現在待的公會福利眞是糟得不忍說，就算屬於白陣營，還是得對其他公會的人低聲下氣的。」

一名睡鼠玩家與一名紅心女王玩家漫不經心地聊著天，與艾利西擦身而過。聽見他們的談論，艾利西停下腳步，內心滿是疑惑。

他從剛剛就注意到了，對棋盤城的玩家來說，公會似乎是很重要的標誌，他目前尚未發現有誰像他一樣沒加入公會。

他覺得自己需要好好了解一下情形，不過此刻他所在的區域沒有太多玩家，這裡似乎是住宅區，每幢洋房的院子裡都種滿了白玫瑰，只有草地是翠綠的。

艾利西仰頭一望，不遠處有一座鐘塔，爲了弄清楚棋盤城的狀況，他決定先前往鐘塔瞧瞧。

他認爲躲躲藏藏反而會讓人起疑，於是大搖大擺地走在街上，而這招果然奏效，其他玩家都沒察覺他是黑陣營，對此他不禁感到慶幸。還好陣營記號必須用辨識技能查看，否則要是他得穿得一身黑，絕對走到哪被打到哪。

同時他也發現，街道上的動物NPC都穿著白色系的衣服，有幾位NPC的衣襟上還別了一朵白玫瑰。

漫步在雪白的花雨中，艾利西突然聽見前方傳來整齊劃一的腳步聲。

眼前出現一群全身穿戴銀色盔甲、手拿寶劍的衛兵，這氣勢驚人的陣仗令艾利西嚇了一跳，準備逃走，不過使用了辨識技能後，卻顯示這群盔甲人是NPC，於是他便讓開了路，讓衛兵NPC們通過。

這群衛兵大約有七、八個，等級全部至少四十等，這是他第一次在主城見到這副樣子的NPC。無論是在紅心城還是茶會森林，NPC幾乎都是動物，且大多穿著便服，紅心城的衛兵只會在副本內見到，茶會森林則根本沒有衛兵。

現在，衛兵居然走在棋盤城的街頭，這到底是什麼狀況？

他懷著疑惑的心情抵達了鐘塔，棋盤城的鐘塔也與另外兩座城不同，外觀異常高聳，彷彿是爲了困住公主而存在，上面的時鐘居然還是以逆時針旋轉。

他一路爬上階梯，來到了高塔頂端的看臺，本以爲這般充滿童話感的高塔上會住著一名貌美如花的女子，但當他踏入看臺時，卻見到了一位身穿白色鎧甲、腰間佩帶精緻寶劍，身姿十分挺拔的白騎士。

白騎士背對他，凝望著棋盤城，身旁佇立著一隻通體雪白、有著黃色頭冠的鳳頭鸚鵡坐騎。

艾利西一看就知道這位肯定不是簡單角色，那套精緻的裝備與罕見的坐騎都彰顯出騎士的不凡。然而正當他要對這人發動辨識技能時，白騎士察覺到有人接近，率先回過頭。

「黑陣營嗎？」騎士比艾利西更快發動辨識技能，但似乎沒有出手攻擊的意思，只是禮貌性地朝艾利西點了點頭。

「對啊，你也是黑陣營的嗎？」

面對艾利西的問題，騎士沒回答，而是向後一躍，落到了看臺欄杆上。「黑陣營在這裡生活會比較辛苦，不過你放心，苦難不會持續太久的。」

看著他的側臉，艾利西總覺得對方的目光隱含著可怕的偏執，即使這人下一秒幹出什麼大事，他也不會驚訝。這名白騎士給人一種爲達目的可以不擇手段的感覺。

在艾利西的注視下，白騎士再度往後一跳，鳳頭鸚鵡拍拍翅膀，飛上前接住了他。

「如果你是打算離開這個區域，往那飛吧。」白騎士指向其中一個方位，隨後道了聲「失禮了」，便騎著鳳頭鸚鵡飛走。艾利西心想，這人八成確實是黑陣營的。

他來到欄杆前，望向騎士剛剛所指的方向，而一看到棋盤城的全貌，他頓時一愣。

整座棋盤城黑白分明，城鎮的色調完全根據棋盤的配置來安排，位於白格子裡的建築皆是粉白色系，而黑格子裡彷彿鬼城一般，遠遠望去全是陰森的深色房屋。艾利西不太清楚白騎士究竟是要他前往哪一區，不過他還是踩上欄杆，抽出紅鶴一躍而下，在空中滑翔起來。

在茶會森林時，因爲地形的關係，有許多具備高低落差的地方可以讓他恣意滑翔，然而棋盤城的建築物高度有限，於是紅鶴外掛就大大打了折扣，不能像在森林那樣隨心所欲了。

艾利西猜想，黑陣營的人應該是集中在某個區域，只是他不知道是哪個格子，所以只能依白騎士給的方向瞎找。剛才那座高塔的高度並沒有高到足以讓他飛越整個城鎮，在離開原先的白格子區域後，滑翔高度已經下降許多，大概只能在隔壁的黑格子區域降落。

當艾利西在街道上空滑翔時，偶然注意到某處的騷動。

一名白皇后少女站在街上，害怕地望著圍住她的數名玩家，而她的身後還有一名被另一位玩家架住的白騎士少年，兩人神情驚懼而絕望。見狀，艾利西調整了下紅鶴翅膀的角度，在上方盤旋觀察。

「加入我們公會吧？我們公會可是白陣營，妳是個新手，又是黑陣營的，在棋盤城玩不下去的。」圍住少女的是一群等級不高不低的男玩家，那些人吃吃笑著，不懷好意地盯著少女。

「可、可是，我想跟我朋友一起玩……」白皇后少女瑟縮著身子，怯怯看向被架住的白騎士少年。

「加入我們公會就有一群新朋友啦！在棋盤城，大家都是跟同陣營、同公會的人一起玩的。」

「那我朋友能不能也——」

「不行。白騎士的可取代性高，不像你們白皇后，而且他是新手，又是個男的，我們爲何要收一個既弱小又隨處可見的白騎士？公會裡當然是女的越多越好啊！」此話一出，其他玩家跟著哈哈大笑，其中一人一把抓住少女的手，準備將她帶走。

「等等！把我朋友還來！」少年憤怒地大喊，他拚命掙扎，無奈身爲新手的他很快就被輕易壓制住。

「不要，放開我！我才不想加入什麼白陣營，也不想入你們的公會！」少女也努力入功能，邊逃邊在區域頻道發話了。

【區域】艾利西：嗨嗨你們好啊，有哪位好心人士可以告訴我黑陣營的地盤在哪嗎？拜託～我第一次在這逃亡，不太認得路啊哈哈哈。

【區域】四川義大利麵：果然是你！你怎麼又在搞事了！

【區域】夏雨：快來B3！B3就是黑國王的地盤了，快！

【區域】七月雪：啊啊啊艾利西終於來棋盤城玩啦！一來又拉了棋盤城玩家的仇恨，不愧是大大！

【區域】艾利西：我還是不太清楚B3在哪啊，有沒有人能來帶我？我在一條叫什麼格瑞街的街道上。

聽到他直接自曝所在位置，被他攔腰夾著的白騎士與白皇后都嚇壞了，白皇后怯怯地喊了聲：「那個……」

「別擔心啦，我被人追殺從來沒有在怕的，船到橋頭自然直嘛，哈哈哈。」

「……」

「不過你們是怎麼回事？那群人怎麼會纏上你們？」

「我們解新手任務解到一半，那群玩家忽然圍過來，莫名其妙就想把我朋友帶走。」白騎士臉色蒼白。

「大概是因爲女性白皇后供不應求，你朋友才會被他們盯上。」艾利西搖搖頭，語帶無奈。「這裡實在太奇怪了，紅心城跟茶會森林才不會發生這種事。新手在這也太難生存。」

艾利西忽然對於當初沒有選棋盤城作爲起始點感到有些遺憾，這地方多刺激啊，一開始就是高難度模式。

「你們打開地圖找找看B3在哪，我們先去B3。」艾利西說完，兩個新手立刻乖乖開啟地圖，盡責地指引方向。

一路上雖然遇到好幾個白陣營的敵人，但歷經茶會森林的風波，艾利西的逃跑技術已經不可小覷，幾個華麗的走位便輕鬆避開了這些零散的烏合之眾，就這樣順利逃到了B3區域。

見遠方豁然開朗，出現與目前所處的黑色空間壁壘分明的白色街道，艾利西開心地加快了腳步。

就在他距離B3僅剩幾公尺時，後方傳來一聲聲玩家們的驚呼，艾利西背脊一寒，反射性地往旁邊彈開。

一匹棕色駿馬幾乎在同一時間與他們擦身而過，艾利西緊抓著兩個嚇壞的新手，定睛看向從駿馬上翻身而下的人，原先悠閒的態度斂了半分。他站直身子，放下了少年和少女，將他們擋在自己身後。

「好久不見啊，在這裡果然會遇到你呢。」艾利西嘴角勾著笑，毫不畏懼地緊盯對氣略帶倉促的呼喚從人群外傳來。

「曦曦！」

艾利西停下腳步，望向聲音的來源。

只見像是摩西分紅海似的，所有人戰戰兢兢地讓到街道兩側，猶如仰望神祇降臨一般注視著道路中央──

一名貌美如花、身形羸弱的白皇后女子站在那裡，背後還有一群護衛她的玩家。她朝艾利西伸出手，面上寫滿了擔憂。

不用仔細看，艾利西也知道來人的身分，因爲在這個世界裡，只有一位白皇后會對他這麼關心，正是莉莉西亞。

Chapter 2 營救愛麗絲的帽匠

莉莉西亞一出現，艾利西跟蘭斯洛特的爭鬥瞬間消停。兩人一副剛剛什麼事也沒發生的樣子，若無其事地迎接她的到來。

「曦曦，你怎麼來這裡了？」莉莉西亞快步走近，抓住了艾利西的手臂。「爲什麼不通知我一聲，就這樣在街上亂跑？」

見莉莉西亞憂心忡忡，艾利西安分了下來。「我沒事啦，只是聽到一些風聲，好奇來玩玩而已。」

「這裡沒有熟人帶領的話，很容易遇到危險的。剛剛聽公會的人說你惹上了麻煩，把我嚇壞了，還好你沒事。」莉莉西亞似乎懊惱著自己沒有早點得知，牽住艾利西的手，想將他帶往來時的方向。

艾利西被拉得踏前一步，他回頭望向整齊潔淨的白色街道，那裡本該是他的目的地，也就是黑陣營的地盤。然而，他現在恐怕無法過去了。

「姊，等我一下。」他將手從莉莉西亞的掌心抽走，走到兩個小新手面前。

「那裡就是黑陣營的地盤了，你們快走。」

「咦？那你怎麼辦？」白皇后少女神情錯愕，她瞧了一眼那條白色街道，幾個玩家正站在街上遙望這邊，看來應該會有人接納他們。但艾利西是他們的救命恩人，比起跟那些不認識的人走，少女更想和白騎士一起跟著艾利西。她拉住艾利西的手，無助地問：「我們不能跟你走嗎？」

「不行。」艾利西乾脆地拒絕，他瞥了在場的毒蘋果成員們一眼，彎下身對少女低聲說：「如果我帶你們到毒蘋果去，八成沒辦法保住你們的，我不屬於任何一個公會，無法讓你們靠，趁現在還能走的時候快走。」

他這番話被身旁的莉莉西亞聽見了，毒蘋果女神注視著青澀的白皇后少女拉著她的白騎士朋友，依依不捨地與艾利西道別。

「曦曦，我想我們之間有什麼誤會。你剛來這裡，或許對這座城鎮有些陌生和排斥，但我保證，你很快就會喜歡上棋盤城的。」莉莉西亞攬住他的手，叫出自己的白鴿坐騎，將艾利西拉了上去。

「你還記得這隻鴿子吧？」莉莉西亞坐在他身前，回頭露出溫柔的微笑。「如果你在這行動不方便的話，姊姊就把這隻鴿子給你吧。這次不用再還了，反正姊姊還有其他坐騎。」

「姊……」艾利西的表情略顯猶豫，似乎有話想說卻開不了口。

「沒關係，剩下的話晚點再慢慢說，大家走吧。」莉莉西亞柔聲吩咐那些保護她的公會成員。

毒蘋果成員們訓練有素地齊齊叫出駿馬坐騎，翻身上馬，這整齊劃一的華麗陣仗讓其他沒有坐騎的路人玩家們看傻了眼。在毒蘋果一行人離去後，眾人立即炸開了鍋，紛紛上討論區及區域頻道將這件事傳開。

【區域】劍無殤：哇靠，剛剛目睹了驚人的一幕，毒蘋果女神的弟弟出現了！她有弟弟？

【區域】茶茶：是有這個傳聞，據說毒蘋果女神的弟弟就是之前把茶會森林鬧得天翻地覆的女王愛麗絲，不過關於那個女王愛麗絲的傳聞實在太多，也不知是眞是假。

【區域】七月雪：就是他啊！最強愛麗絲的搭檔艾利西！剛剛他不是還在區域頻道上發言嗎？

【區域】魔豆傑克：艾利西？我記得這人以迷戀黑桃二先生出名，何時跟毒蘋果女神沾上邊了？

【區域】夏雨：就是他沒錯！我剛才目擊了一切，那個天不怕地不怕的愛麗絲在大街上公然嗆蘭斯洛特哈哈哈哈，簡直大快人心，蘭斯洛想揍他，卻連他的邊都摸不著！

【區域】劍無殤：該死的黑陣營，發言給我小心點！雖然當時看到還挺爽的……不不不我什麼都沒說！

【區域】花斑兔：如果傳言是眞的……恐怕棋盤城要掀起一場腥風血雨了。

在區域頻道陷入混亂時，艾利西已經跟著莉莉西亞來到一棟白色建築物前。方才在空中時，他遠遠便瞧見這棟豪華的建築坐落在寬廣的大道上，外觀有如一座迷你城堡，周圍開滿了白玫瑰。走在這條街道上的玩家不是等級高就是裝備好，平日鮮少看到的坐騎在此彷彿隨處可見，人人都有一隻。

當莉莉西亞手持法杖從白鴿身上下來，輕盈優雅地落於地面時，玩家們紛紛投以目光，朝她微微傾身行禮道好，而莉莉西亞顯然習以爲常，溫柔地請大家免禮。

毒蘋果的成員們都跟在她後頭，艾利西則走在她身側，他感覺周遭的人全盯著他，表情不是錯愕就是不敢置信，竊竊私語聲不斷。

「那誰啊？黑陣營玩家怎麼能來這裡？」

「居然走在毒蘋果女神旁邊……到底是何方神聖？」

「笨蛋，他是艾利西啊，據說他是毒蘋果女神的弟弟，想不到傳言是眞的！」

艾利西深深感受到莉莉西亞在這裡的地位有多崇高，看樣子他白擔心了，莉莉西亞相當安全。

明明該因此安心，他的內心卻不禁生出一絲怪異感。

他跟著莉莉西亞走進迷你城堡，富麗堂皇的大廳差點閃瞎他的眼，他從不知道玩家可以擁有如此豪華的領地，就連紅心商會的本部也沒有這裡奢華。

城堡內的玩家們看到他們便瞬間安靜，眼睛瞪得老大。

「女神不會是要讓這傢伙加入我們吧？可是他才五十五等，而且還是愛麗絲那個糞職業。」

「裝備不錯，長相也不差，不過光憑這些有什麼資格加入？這人待過哪個公會？有哪些輝煌戰績？資產有多少？PK勝率？該不會是個巴結女神的小白臉吧？」

各種質疑與打量的目光毫不留情地射向艾利西，但厚臉皮的他並不在乎，大搖大擺地跟著莉莉西亞進了會客室。

當他們進去時，一陣歡聲笑語恰好從沙發處傳來。

「哈哈哈，您眞是太謙虛了，那麼一切就拜託你了，嵐月大哥。」

「小意思小意思，我們是朋友嘛，互助是應該的。」

會客室裡已經有兩名玩家，其中一位是職業爲紅心女王的男子，他穿著低調華麗的酒紅色歐式西裝，手上戴了好幾枚寶石戒指，看起來顯然資產雄厚。

男子手拿茶杯與小碟子，從容自在地坐在沙發上喝茶，而他的對面則是一位白騎士男子，身上的白色風衣同樣要價不斐。白騎士做出蒼蠅搓手般的動作，對著紅心女王笑得諂媚。

「哎呀，這不是我們的毒蘋果女神嗎？」最先注意到兩人的是紅心女王，一看見莉莉西亞，他立刻起身迎接，執起莉莉西亞的手在手背上輕輕一吻，而後抬頭露出微笑。「許久不見了，這次來作客能遇到妳眞是太榮幸了。還記得我嗎？我是棋盤商會的會長嵐月。」

「當然記得。」莉莉西亞似乎十分開心，摀嘴呵呵笑著。「你來了也不通知我一聲，最近正在想何時去找你打牌呢。」

「想打牌的話隨時歡迎，棋盤商會的大門永遠爲妳敞開。」嵐月放開她的手，隨即發現另一人居然是艾利西，他頓時雙目圓睜，一秒握住了艾利西的手。

「眞沒想到會在這裡見到你，艾利西。幸會幸會，你還記得我嗎？我們曾經打過撲克競技場。」

「哎？」艾利西被這熱情的問候弄得有點反應不過來。「你是說跟芋叔鼠打的那場嗎？」

聽到芋叔鼠這個名字，嵐月的表情崩了一瞬，很快又恢復原狀。

「是的，就是那次。想不到又見面了，我想這就是緣分吧。」嵐月哈哈一笑，遞給艾利西一張名片。「有空可以來我們商會參觀看看，也可以帶你那位黑桃二先生一起來，像他那樣的大神玩家，絕對會對我們商會有興趣的。」

聞言，艾利西這才想起嵐月稍早之前才派了人來邀請帽犯成性擔任保鑣，可見嵐月一副悠然自得的樣子，艾利西實在不覺得這人哪裡有危險了。嵐月屬於白陣營，而黑陣營都被打得不知躲去哪了，還有必要特地請保鑣嗎？

儘管被艾利西投以疑惑的目光，嵐月也沒有解釋，只是笑著對莉莉西亞與白騎士點頭致意。「你們有事要談對吧？那我就不打擾了，先走一步。」

在與艾利西擦身而過之際，嵐月忽然拍了下他的肩膀，以只有他倆聽得到的音量說：「如果你能說服黑桃二，我會給你豐厚的報酬。」

艾利西還來不及回話，嵐月便離開了。

坦白說，這話讓艾利西聽得不太舒服，本來棋盤商會的人來邀請帽犯成性時，他還沒什麼感覺，不過現在他開始警戒了。

他知道帽犯成性有時還是會接些來自玩家的委託，例如幫刷副本、揍人什麼的，而他偶爾也會充當僱用帽犯的「贈品」過去湊熱鬧。然而這次他感覺事情非比尋常，很有必要找機會了解一下背後的狀況。

「曦曦，我跟你介紹一下。」莉莉西亞拉著他的手，走到白騎士面前，笑吟吟地說：「這位是我們毒蘋果的會長，梅萊。」

說完，她又轉頭向白騎士介紹艾利西。「梅萊，這是我的親弟弟艾利西。」

「你好你好，原來你就是艾利西啊，眞是久仰大名。這邊坐吧，不要客氣。」

梅萊的態度親切得令艾利西相當訝異，他還以爲毒蘋果的人都像蘭斯洛特一樣囂張跋扈，沒想到作爲會長的梅萊如此和善。

兩人入座後，梅萊立即表示他要去準備莉莉西亞喜歡的糕點與茶，飛快地離開了。見他異常殷勤，艾利西不禁無語，顯然又是一個拜倒在自家姊姊裙下的追求者。

「艾利西，棋盤城就如你看到的那樣，目前確實有些問題。」莉莉西亞嘆了口氣，一手捧著臉頰，一手環腰，看起來十分煩惱。「以前棋盤城不是這樣的，黑陣營與白陣營的相處本來還算和平，但最近發生了某件事，導致雙方開始仇視彼此，鬧得整座城人心惶惶，一碰到敵對陣營就非打起來不可。」

「怎麼回事？」雖然艾利西感覺根本只是單方面屠殺，不過他還是開口問道。

「你知道的，棋盤城開放PK。」莉莉西亞娓娓道來。「只要陣營不同就可以對戰，任何人都沒有拒絕PK的權利，整個城市皆是戰場，連重生點也一樣。而既然能夠PK，就必定會有勝者，獲勝的陣營將成爲這座主城的主宰者，城內的所有NPC也都會變成獲勝陣營的子民。」

艾利西想到他剛踏入棋盤城時，街上的動物NPC大多穿著白衣，連路過的衛兵都穿著銀白色的鎧甲。

「獲勝陣營的玩家跟NPC從事交易時，將享有折扣，但這不是最重要的，最重要的是成爲『西洋棋』。擁有『西洋棋』身分的人可以在城裡占領一格區域，並成爲該區域的領主，任何人在該區域內買地或租地，領主都能夠抽成，也可以拒絕將土地賣給玩家，總之，領主就是各個區域的掌權者，沒有什麼賺錢方式比成爲領主來得快。西洋棋盤上只有三十二顆棋子，所以領主資格也只有三十二名。」說到這裡，莉莉西亞對艾利西微微一笑。「而你姊姊我，就是棋盤城的『白皇后』。」

艾利西呆了呆，對莉莉西亞發動了辨識技能，果然在她的ID旁邊看到一顆雪白的皇后棋。

「剛才離開的嵐月也是領主之一，他是『主教』，占領的區域正是棋盤城市集的所在地，而姊姊我占領的區域則是住宅區。」

「那這裡呢？」艾利西指了指豪華的毒蘋果大本營。

「是『國王』的領地，也就是梅萊的領地。」莉莉西亞柔聲解答。

艾利西點點頭，對於這個答案並不意外。

「照這麼說……」艾利西思考了一下，好奇地問：「如果是對應西洋棋的話，那白陣營的領主應該只有十六位，另外十六位則是黑陣營的？」

「沒錯。」莉莉西亞苦惱地嘆了口氣。「本來呢，我們跟黑陣營的領主們井水不犯河水，他們當他們的領主，我們當我們的，一直以來相安無事。但前陣子出了一件意外，有個白陣營玩家在黑陣營的領地惹事，偏偏那個領地正好是黑皇后的。黑皇后最痛恨有人在她的地盤上不守規矩，一怒之下便聯合黑國王與其他黑陣營領主衝進了棋盤殿堂，向NPC申請開戰。」

「一旦申請開戰，整個棋盤城的領主陣容就極有可能大洗牌，因爲在戰爭期間，只要哪個領主被敵對陣營殺了，便會失去領主資格。不幸的是，戰爭正是得持續到其中一方的原領主統統失去資格，才算分出勝負。」莉莉西亞臉色蒼白。「本來大家只當黑陣營在虛張聲勢，沒有認眞看待，沒想到黑陣營意外地有行動力，他們的國王與皇后一個擔任指揮，一個擔任先鋒，在兩人的合作下，好幾個『士兵』領主被殺了……而昨夜，白陣營的龍頭之一，『城堡』領主也被殺了。」

「城堡？」

莉莉西亞抱住頭，神情流露出恐懼。「那可是『城堡』啊，雙方陣營的十六名領主分別是八名『士兵』、兩名『城堡』、兩名『主教』、兩名『騎士』、一名『國王』，還有一名『皇后』，身分越稀有，能行使的權力越大。本來在黑皇后發動戰爭後，大家多少做了準備，每位領主都帶了護衛在身邊，即使如此，依然有人被殺了……目前爲止已經有八位白陣營的領主被剝奪領主資格，黑陣營勢如破竹，再這樣下去，我……」

感受到莉莉西亞的擔憂，艾利西握住她的手。「姊，妳別擔心。」

莉莉西亞抬頭注視他，含淚的眸子就像看到一絲希望般，流露出期盼。

艾利西猶豫了一下。「妳看，妳來接我的時候，跟著妳的那些玩家等級都還挺高的呀，毒蘋果公會這麼強大，一定有辦法保護妳的。」

莉莉西亞睜大了雙眼，表情有些呆愣。

「雖然我不太喜歡蘭斯洛特那傢伙，但他也一定會保護妳的。姊，妳這陣子就低調點，盡量在領地內行動吧。」

「曦曦？」莉莉西亞握緊他的雙手，語氣染上幾分急促。「那你呢？你來棋盤城玩，很快大家都會知道你是我弟弟，你也會有危險的。」

「我不怕那些人啦，誰打我我就打回去，打不過就跑。」

「可、可是……」莉莉西亞一副急到快哭的樣子，無助地說：「你爲什麼不乾脆加入毒蘋果呢？毒蘋果可是第一公會，只要加入我們就沒人敢動你了，即使是黑陣營也不敢。而且你待在這裡我也比較安心，我好怕哪天自己走在路上，黑陣營的人會突然衝過來把我殺掉，你不能留下來陪我嗎？」

聽到最後幾句話，艾利西身子一僵。他凝視著莉莉西亞的雙眼，明知自己該答應，卻遲遲開不了口。

不該在此時浮現的記憶湧上心頭，使他無法言語。

最終，他只能艱難地回應：「對不起，姊。我、我暫時不能加入你們……」

若莉莉西亞是在他踏入棋盤城之前提出邀請，他說不定會看在姊姊的分上加入毒蘋果。但如今發生了這麼多事，他已經無法乾脆地允諾了。

「爲什麼？難道是因爲剛剛白陣營的人欺負你，所以你討厭白陣營了？」莉莉西亞的語氣難過不已。

「我、我……只是覺得，沒辦法這麼早下決定。」艾利西鬆開莉莉西亞的手，猛然站起身。「對不起，姊，我還要……還要再多想想。給我點時間吧，我先走了。」

「曦曦！」

艾利西逃難似的衝出會客室，一來到長廊上便感覺到許多帶有敵意的視線。黑陣營的身分讓他在此處顯得格格不入，大概因爲他是莉莉西亞帶回來的人，那些玩家才會待在一旁沒出手。他明白自己不能逗留，迅速離開了毒蘋果本部。

「嗚嗚……」

當梅萊返回會客室時，聽見了莉莉西亞的哭聲。

他嚇得手上放著茶點的托盤都拿不穩，托盤失去了支撐掉落在地，而梅萊已經衝至莉莉西亞身旁，焦急地開口詢問：「怎麼了，莉莉？好端端的，誰惹妳？發生了什麼事？」

「梅萊……我是不是做錯了什麼？」莉莉西亞抓住他的衣襟，哭得好不傷心。

「怎麼可能做錯什麼！妳這麼善良，一定是對方有什麼誤會。別哭了，告訴我怎麼了。」梅萊撫了撫她的背，溫聲回應。

「我弟弟他……不太想加入我們。他好像對白陣營心懷芥蒂，所以沒有同意我的邀請。我只是想保護他，也希望他能待在我身邊，否則最近外面那麼混亂，我好害怕。儘管如此，曦曦還是走了，你說，他會不會認為我是壞人？」

梅萊心疼地勸慰：「這不是妳的錯，要怪就怪那些敗壞我們名聲的老鼠屎。妳別擔心，我會找人跟妳弟弟談談，他很快就會解開誤會加入我們了。」

莉莉西亞點點頭，她紅著眼眶，低低說了句：「我擔心，黑皇后會不會對他……」

「我不會讓這種事發生。」梅萊堅定地接過話。「艾利西會加入我們的，妳可是他姊姊啊，天底下有哪個弟弟會狠心拋棄姊姊的？」

莉莉西亞勉強地點點頭，神色憔悴地盯著原本就擺放著許多精緻茶點的桌面。梅萊又安撫了她幾句，便快步走出會客室。

「把那個叫艾利西的愛麗絲抓到棋盤殿堂去，沒得商量！為了莉莉，他必須加入我們毒蘋果！」

另一方面，剛離開毒蘋果本部的艾利西還不知道自己即將惹上麻煩，不疾不徐地走在白國王的地盤上。他知道，越是表現出大搖大擺的樣子，其他人越是不敢動他，若他像過街老鼠般狂奔，才肯定會被不分青紅皂白地追殺。

他對白國王的領地沒什麼興趣，只想早點去黑陣營那裡瞧瞧。

悲劇的是，他才走出不遠，身後便一陣騷動，惹禍無數的艾利西直覺那騷動八成是衝著自己來，於是一個閃身躲進小巷裡，整個身子貼在牆上，鬼鬼祟祟地探出頭，隨即看見蘭斯洛特等人跑向自己方才經過的地方。

「人呢？怎麼可能這麼快就不見了？」蘭斯洛特氣急敗壞。「我就看那傢伙有多能躲！把那個愛麗絲給我拖到棋盤殿堂！」

「棋盤殿堂？」艾利西低喃，他已經聽過這個地方好幾次了，他記得松鼠站務員曾告訴他，那是個可以更改陣營的地方。也就是說，蘭斯洛特他們想更改他的陣營？

他想起稍早的情況。難道蘭斯洛特來追他不是爲了報私仇，而是因爲毒蘋果不希望他踏入黑陣營的領地？

艾利西越想越覺得有問題，於是決心非去黑陣營一趟不可。

他叫出地圖，先確認了自己的所在位置，棋盤城的每個區域都是以西洋棋盤的格子來命名，在被莉莉西亞帶走前，他在A3這個格子，原本想去B3，但被蘭斯洛特攔下了。後來莉莉西亞把他帶到了D1，也就是白國王的領地，而令他驚訝的是，棋盤殿堂也在這。

「黑陣營的領地到底在哪？爲什麼我都找不到？」艾利西一頭霧水。地圖上只有一片乾淨的黑白棋盤，完全沒有標明各個領主所占領的格子，這樣他要怎麼分辨雙方的領地？

正當他準備私訊幾個好友問問時，一陣腳步聲接近，他趕緊關掉視窗開溜。他一個黑陣營的路人待在白國王的領地，怎麼想都很危險。

不料，毒蘋果下令捉拿他的消息已經傳開，眼下周遭的玩家們都開始留心了，甚至主動加入搜索艾利西大隊。

要是帽犯看到這一幕，八成會揪住他的衣領罵他又在惹事，可如果不向帽犯求救，到時候被毒蘋果押去監禁或是怎樣的話，帽犯還是會罵他一頓。無論怎樣都會被罵，這可真是甜蜜的煩惱——艾利西想著，最後決定先設法悄悄離開再說。

同樣是躲避追捕，這次艾利西卻不像在茶會森林時一樣有信心了，畢竟滑翔技能在這裡派不上用場，而且能待在棋盤城的玩家絕大多數都是菁英，要從他們的眼皮子底下逃脫並不容易。

他迅速再次查看了下地圖，小心翼翼地在暗巷中行走，並隨手摘了朵白玫瑰。若有人接近，他就立刻變小，緊貼在白玫瑰旁藏住自己的身形。

在如此謹慎的策略下，一路上還算順利，多虧在茶會森林跟無貓不偷的人鬼混了好幾個月，如今艾利西的身手也有幾分盜賊的風格。他靈巧地穿梭在小巷之間，必要時便攀到屋頂上，可惜目前是白天，如果是黑夜的話，他更有信心能順利逃離。

「那個愛麗絲怎麼憑空消失了？他應該還來不及走遠吧，該不會是下線了？」

「不可能，我有個朋友的好友名單裡有他，這傢伙分明還在線上。」

蘭斯洛特嘖了一聲，焦躁地東張西望，冷不防喊出一句：「帽犯成性！你怎麼在這裡？」

他天生嗓門大，此話一出，艾利西馬上眼神發亮地從巷弄中探出頭，被正在注意四周動靜的蘭斯洛特逮個正著。紅心騎士手一伸，指向他躲藏的地方，大喝：「在那裡！」

「哎？」艾利西呆了一秒，見周遭的玩家都朝他衝來，他瞬間恍然大悟，一邊拔腿狂奔一邊回頭對蘭斯洛特抱怨：「你怎麼可以拿帽犯騙我！」

「是你這白痴太容易上當！」

可惜艾利西抱怨也來不及了，眼下他除了逃沒有其他辦法，他的存在引發了白陣營的狩獵興致，那些玩家迫不及待地想抓他，還到處呼朋引伴。

「抓住那個黑陣營的！」

「才五十五等弱得很，別讓他跑了！」

艾利西本想依靠跑速上的優勢以最快速度逃走，但他忘了一件事，那就是這裡的玩家八成以上都有自己的坐騎。

「用坐騎追是犯規的！」艾利西慌忙閃過一個騎馬的玩家，下一秒又滾到旁邊躲過騎著巨鼠的人。即使他跑得再快，也不可能贏過那些坐騎，爲了躲避追擊，他跳到屋頂上，當機立斷開啟了聊天視窗。

他在這座主城完全沒有優勢，絕對會死的。

【密語】艾利西：你來救我好不好哈哈哈，我被困在白國王的領地，一堆白陣營玩家要抓我。

他用語音輸入完訊息，不出幾秒便收到了回應。

【密語】帽犯成性：你這傢伙又幹了什麼？叫你謹慎點，你他媽給我跑到敵對陣營的中心？眞的活膩了是不是？

光看這段話就能察覺到帽犯成性幾乎要實體化的殺氣，對此艾利西感到委屈無比。

【密語】艾利西：這不是我的錯！他們莫名其妙就要抓我！

【密語】帽犯成性：不就因爲你是黑陣營的嗎？他們會吃飽沒事抓同陣營的人？

【密語】艾利西：你再不來，我就要被抓去棋盤殿堂簽賣身契了！他們要把我拉進白陣營成爲毒蘋果公會的一員，我不答應就不讓我走！

帽犯成性無語地盯著聊天頻道，忍不住扶額。

誰來告訴他，他帶的愛麗絲究竟是怎麼回事？一般人在棋盤城遇到的麻煩無非是被敵對陣營痛毆而已，這隻小白愛麗絲卻是被第一公會看上，還準備把他綁到殿堂去強行入會。要知道，在棋盤城，許多玩家都恨不得能加入白陣營，更別提白陣營的代表毒蘋果公會了。一堆人擠破了頭不惜傾家蕩產也想進去，結果艾利西卻不要，只想當隻過街老鼠。

【密語】帽犯成性：你加入他們有什麼損失？答應不就好了？

【密語】艾利西：我不想嘛，你來帶我走好不好？

見到這句話，帽犯成性頓了頓，強壓下內心的情緒。

他眞的很討厭艾利西一天比一天還會撩他，雖然艾利西這回學乖了，面臨解決不了的麻煩第一時間就找他求救，然而帽犯成性依舊很想掐死這傢伙。

惹的禍總是特別奇葩，還特別大條。

不過，艾利西沒有向身處棋盤城的莉莉西亞求救，反而是找他，就代表肯定出問題了。

【密語】艾利西：不多說了我在棋盤殿堂等你啊！

「……」

正看著聊天視窗的艾利西突然被人一推，狼狽地摔在地上，但他仍不屈不撓地用手臂撐起上半身去確認是否有回訊。見帽犯成性沒再發話，艾利西得意一笑，他知道對方肯定被他弄得無語了。

他倒是不擔心帽犯成性來這裡會不會被反殺，不管他家大神被分到什麼陣營都無所謂，能把黑桃二先生幹掉的玩家，到目前為止還沒出現。

或許正因如此，嵐月才會看上帽犯成性，艾利西覺得自己有必要跟帽犯成性談談這件事，他擔心帽犯成性會遭人利用。

他坐起身，仰頭一看，一把寶劍的劍尖對準了他的鼻尖。

「覺悟吧，你這小白臉已經無處可逃了。」持著寶劍的人正是蘭斯洛特。

紅心騎士居高臨下站在艾利西面前，身旁圍了許多毒蘋果的成員，這些人統統至少六十等以上，艾利西自知肯定逃不了。對於這群等級高裝備好又訓練有素的玩家來說，要抓住他簡直易如反掌，況且他的紅鶴外掛在這個主城並不管用。

「現在立刻加入我們，你若敢拒絕，我們會反覆殺死你，直到你哭著點頭答應為止。」蘭斯洛特陰沉著臉。

艾利西盤腿坐在地上，神情不帶一絲畏懼，他的嘴角微微上揚，眼裡卻並無笑意。「為什麼？你不是最討厭我嗎？我要是加入毒蘋果，你就得天天看到我了，這樣你也願意？」

「鬼才願意！老子看見你就火大！你這無賴一路抱了多少人的大腿才有今天，要不是有莉莉還有那些大神罩你，你愛麗絲玩得起來嗎？我跟你可不同！我靠自己練就一身實力，從小公會開始待著才有今天，哪像你！誰知道你在會客室跟我們會長和莉莉說了些什麼，你一離開，會長居然就下令要把你拉入公會。在棋盤城，白國王的命令是絕對的，不然你以爲我希望嗎！」

「在棋盤城裡，擁有領主身分的玩家就是神，除了敵對陣營，沒有人會違背他們的意思。」其他玩家像是在看一個什麼都不懂的新手，嘲弄地笑著補充。

「整個白陣營只有我們公會有兩位神，肯收留你是你的榮幸，否則我們根本不收六十等以下的玩家，也不收愛麗絲的。」

「就是說，如果不是爲了莉莉，誰會要你。」

艾利西依舊維持著笑容。「所以，強迫我入會是我姊姊的意思？」

「誰知道呢，會長說是爲了莉莉，照做就對了。」

「莉莉人那麼善良，肯定提不出這種要求的。我們只是想讓女神開心而已，只要你加入，女神就會開心了。」

「廢話說了這麼多，你到底要不要起來！還不快給我走！」蘭斯洛特抓住艾利西的胳膊，粗魯地把他從地上拉起，拖往棋盤殿堂。艾利西像個犯人般，被眾多毒蘋果成員押送，周遭的玩家都盯著他們竊竊私語。

「雖然我恨不得把你踢出這座城，但我不會讓莉莉露出難過的表情，比你這差勁的弟弟好多了！」蘭斯洛特惡狠狠地瞪了他一眼，毫不留情地出言斥責。「莉莉現在有危險，黑陣營的人隨時可能殺掉她，這種時候你居然選擇離開她？我看你這弟弟根本是當假的吧？」

「是真的，我們是姊弟。」艾利西說完，忍不住低喃：「不過，雖然她是我姊姊，卻也很早就不再是我姊姊……」

對於這番話，眾人只當他在胡言亂語，絲毫不在乎。

棋盤殿堂位於棋盤城的邊界，建築本身坐落在大街上，後方就是高聳的白色城牆。棋盤殿堂的外觀就像座教堂，外面駐守了一整排穿戴銀色鎧甲的NPC，還有十幾名玩家跟NPC一起站崗，當他們看見艾利西時，紛紛瞪大了眼睛。

「還不快走！磨磨蹭蹭什麼！」見艾利西佇足在殿堂前方，蘭斯洛特硬是拉了他一把，害他絆到階梯差點摔在地上。

雖說艾利西早就習慣被拖著走了，然而以往拖著他的人都是帽犯成性，對方頂多只會抓他的手腕，從不會像這樣扯著他的胳膊硬拖。

「你輕一點，這樣交不到女朋友的。不是想追我姊姊嗎？」

「你閉嘴！」

對於這個地方，艾利西自然是充滿好奇，當初松鼠站務員表示只有到棋盤殿堂找NPC才能更改陣營，但根據他的觀察，恐怕不是人人都有機會踏入棋盤殿堂。

那些鎮守在門口的NPC跟玩家看起來隨時會攻擊人，若沒有人帶領貿然踏入，八成會被打回重生點。怪不得他到現在還沒看過幾個黑陣營的，能否轉換陣營根本是由白陣營的人來決定。

殿堂內的兩旁豎立著一座座巨大的西洋棋雕像，中央站著兩位NPC，一位是穿著純白服飾的白兔，另一位則是一身黑衣的黑兔。他們盯著地面上巨大的黑白棋盤，神情專注，似乎在思索著什麼，而艾利西發現棋盤上的棋子已經少了大半，無論黑棋白棋都是。他快速數了下盤面上剩餘的白色棋子，恰巧是八個，且D1格子上正是擺著白國王的棋子。

而黑皇后棋在棋盤的另一端，穩如泰山地矗立在白色格子上。

艾利西一進來就將全副心神放在棋盤上，反而沒注意殿堂裡有多少雙眼睛盯著他。見他像個重刑犯般被毒蘋果一行人護送到NPC面前，有的玩家目光流露出羨慕和嫉妒，有的則滿臉驚愕。

「不會吧？毒蘋果眞的要把女王愛麗絲收入麾下？」

「那個愛麗絲看起來不太情願的樣子，腦袋有病嗎？那可是毒蘋果耶。」

無視其他人的指指點點，直到蘭斯洛特吼他後，艾利西才回過神。

「看屁！不用看了，你是不可能去那個區域的。」蘭斯洛特側身一站，擋住了黑皇后棋，警戒地瞪著他。

「那兩位兔子先生有什麼功用？更改陣營、房地產管理之類的？」艾利西來回打量兩隻兔子，好奇地問。

「沒錯，想改成哪個陣營就找哪隻兔子登記，他們也會協助領主打理領地，有關陣營、領主身分與領地的事務都是由他們處理。」一名守在棋盤旁的玩家好心解釋。

蘭斯洛特將他推到白兔身前，語氣冰冷地說：「在這裡向白棋兔子宣示你要加入白陣營。」

「這樣啊，看來一定要我親自開口才能更改陣營嘍？要是我不說呢？」艾利西一副無所謂的樣子，讓蘭斯洛特越發火大。

「那我們就把你打回重生點，並派人在重生點圍毆你，揍到你連下線的時間都沒有，直到你哭著屈服爲止。」

「你想讓我哭？」艾利西笑得更燦爛了。「就憑你？」

這驚天一嗆把所有人都嚇壞了，幾名較爲怕事的玩家躲到了長椅後，比較膽大的玩家也蒼白著臉，更別提毒蘋果的成員們。他們驚疑不定地看了看艾利西，又望向蘭斯洛特。

「你不是想讓我哭著求饒？來啊。」艾利西甩開他的手，嘻皮笑臉地後退幾步，攤開雙手。「要跟我打打看嗎？看是自食其力的你厲害，還是抱大腿的我比較強？可是如果輸給我，就是連抱大腿也不如了喔。」

「你！」蘭斯洛特瞪大眼睛，他的臉色發青，拳頭緊握到骨節喀喀作響，最後終於按捺不住，大喝一聲舉劍衝向艾利西。

他揮劍砍去，見周圍的其他人想過來幫忙，頓時神色恐怖地咆哮：「誰都別出手！敢出手我就殺了他！」

此話一出，玩家們嚇得紛紛縮到角落，旁觀這場突如其來的戰鬥。

「那個愛麗絲瘋了嗎？他們足足相差十等啊！」

「紅心騎士的剋星是法師，他一個不三不四的職業，不可能打贏蘭斯洛特的。」

話雖這麼說，在場的玩家們仍個個睜圓了眼睛，誰也沒打算將目光從這場戰鬥移開。

艾利西蹲下來閃開了蘭斯洛特揮出的那一劍，並且拿龍蝦往對方身上猛砸，接著向後一跳，落到了長椅上。蘭斯洛特很快舉起盾，氣勢洶洶地朝他衝來，直接把長椅撞個粉碎，艾利西雖閃過正面衝擊，仍被餘波掃中，一個不穩險些摔倒，才剛站穩腳步，便見蘭斯洛特又揮劍砍來。

艾利西往旁一滾，試圖拉開距離，他以遠距離攻擊為主，必須與作為近戰職業的蘭斯洛特拉開距離才能取得優勢。然而這時，他背脊忽然一寒，連忙向前趴下。

強悍凶猛的劍氣從上方呼嘯而過，所及之處掀起一陣狂風，長椅在劍氣與狂風中被粉碎，艾利西驚魂未定地爬起身，同時聽見周遭玩家的討論。

「出現了，蘭斯洛特的狂戰士模式，就是這有如能毀天滅地的氣勢，讓他在公會戰時屢次建立功績，才能一路升為毒蘋果主幹部。」

「那個愛麗絲絕對完蛋了。」

蘭斯洛特一腳踩碎長椅的殘骸，一手舉盾、一手持劍，凶狠地盯著艾利西，眼底隱隱浮現血絲。在他手中，劍與盾皆是武器，當他向艾利西衝去時，艾利西感覺自己就像拿命在鬥牛一般，一旦失誤便必死無疑。

他投入全副心神，側身閃過蘭斯洛特的盾擊，並以龍蝦回敬。這次他不再拉開距離，而是與蘭斯洛特玩近身戰。

一紅一藍兩道身影在殿堂中戰得如火如荼，藍色身影的動作輕盈鬼魅，靈巧地在敵手身周遊走，一逮到機會就拿龍蝦狠砸對方；紅色身影的動作則凶猛強勁，每一劍都帶著千軍萬馬般的氣勢，盾擊所帶來的衝擊甚至讓地板都出現了裂痕。

場中爆炸聲不斷，殿堂中央幾乎化為廢墟，然而兩位兔子NPC依舊一臉淡定，彷彿早就習慣似的。

艾利西捨棄了所有彈藥，只用龍蝦反擊。他貼在蘭斯洛特身旁，全神貫注在對手的動作上，劍指向之處，他便側身閃避，盾擊向之處，他便往後彈開，並在每一次對方攻勢落空的空檔趁隙回擊。他的走位並不完美，幾回交鋒下來早已被傷到好幾次，令血條滑至一半以下，但他仍不肯認輸，堅持要戰到最後。

察覺艾利西近身戰玩得不錯，擁有豐富戰鬥經驗的蘭斯洛特很快改變策略，立起盾牌往地上一敲。頓時，整座殿堂天搖地動，艾利西的行動因立足不穩而變得遲緩，蘭斯洛特見機向後一躍，同時發動大絕，一道帶著紅色光芒的劍氣朝艾利西砍去。

隨著月牙狀的劍氣衝出越遠，涵蓋的範圍也越大，艾利西睜大雙眼，一時閃避不及被撞個正著，直接被打飛出去落到了數公尺外，在地上滾了好幾圈。

他的眼前因血量過少而逐漸模糊，當他想爬起身時，卻一個踉蹌又趴在地上，這才發現自己陷入了暈眩。

蘭斯洛特的腳步聲逐漸接近，他咬牙奮力撐坐起來，仰頭望向眼中滿是殺戮之意的紅心騎士。

蘭斯洛特舉起劍，朝他的心窩刺下，艾利西知道這一擊絕對會要了他的命，可是直到最後一刻，他都目光如炬盯著對方，毫無退縮之意。

就在劍尖即將觸及的剎那，一聲槍響突地在殿堂內響徹。

一發麻痺彈準確地命中蘭斯洛特的要害，引發麻痺效果制止了他的動作。

蘭斯洛特難以置信地看著自己僵住的手，目光朝槍聲來源看去，艾利西也跟著他轉移視線。

這般神乎其技的精準射擊，在這個遊戲裡只有一個人能做到，那就是帽犯成性。

他有如死神一般，凜然站在殿堂門口，身後是一票躺屍在地的玩家。能夠攻擊白陣營的人，已經說明了他和艾利西同樣屬於黑陣營。他手持機關槍，怒不可遏地瞪著蘭斯洛特，眼神好似在看不共戴天的仇人，渾身充滿殺氣。

室內鴉雀無聲，所有人因此得以聽見殿堂外的吵嚷，以及陣陣哭喊，外面像是瘟神降臨似的，一片兵荒馬亂。

「帽、帽犯……」艾利西率先打破沉默，對帽犯成性露出發自真心的微笑。「你放心，我還沒死，沒掉級！」

「你給我閉嘴！」帽犯成性怒罵，看著他的表情，艾利西有些心虛，他感覺帽犯成性好像真的生氣了。

帽犯成性快步走進來，一把扶起艾利西，一秒都沒有浪費，馬上下令：「使用變小技能。」

艾利西嘗試發動了一下，卻失敗了，他很快便推測出原因。「不行，我處於暈眩狀態，什麼都做不了。」

帽犯成性嘖了聲，只得將他背到背上，又惡狠狠地瞪了蘭斯洛特一眼，二話不說往門口衝去。

當帽犯成性帶著人逃走後，眾人這才從驚嚇中回過神，連忙追了上去。

「別讓他們跑了！」

「黑桃二肯定會把女王愛麗絲帶到黑陣營去，快抓住他！」

毒蘋果的成員們氣壞了，而最氣的莫過於蘭斯洛特，明明只差一步就能把艾利西打回重生點了。

「帽犯成性，有種給我留下來！」

才剛踏出棋盤殿堂，蘭斯洛特的怒吼便從裡面傳出，對此帽犯成性連看都不看一眼，只冷冷拋下一句：「神經病。」

他留下來幹麼？留著過年嗎？開什麼玩笑，他可是獨自殺進敵營的，哪來多餘的時間戰鬥，多留一秒就多增加一分被包圍的風險。

「你來得好快！從森林搭火車來這裡不是需要一段時間嗎？怎麼這麼快就趕到

了？」在他背上的艾利西摟著他的頸子，興奮地問。

「有種東西叫傳送陣。」帽犯成性的語氣就像在跟一個白痴講話。「你抓緊，摔下去的話我就把你扔在這裡。」

話雖這麼說，但艾利西知道帽犯成性絕不會丟下他。他緊摟著自家大神，街上的玩家們如同目睹了怪物一般，看著他們的目光裡流露出驚恐與憤怒。

白國王領地是他們引以爲傲的神聖領域，可一個大神等級的黑陣營玩家卻單槍匹馬殺了進來，還一路衝進棋盤殿堂。他們一方面畏懼帽犯成性的強大，一方面又對他魯莽的行爲憤怒不已，因此仍有膽大的玩家奮不顧身地朝他殺去，卻全被帽犯成性避開。帽犯成性的走位比艾利西更加純熟精湛，即使背著艾利西，他依然有辦法閃過攻擊，或是直接用充滿殺氣的眼神把對手嚇得動彈不得。

帽犯成性猶如一隻衝破了柵欄的獅子，四處亂竄，實力較強的玩家一個個上前試圖與這頭猛獸纏鬥，自認打不過的玩家則一看到帽犯成性就嚇得驚叫逃跑。

艾利西心情很好地低笑著，周圍尖叫與怒吼聲此起彼落，然而在兵荒馬亂之中，有個聲音猶如一道清流，穿過重重喧擾，準確地傳進他的耳裡。

「牧曦！」

聽見這聲熟悉的呼喚，艾利西呆住了。

他往聲音來源看去，只見有個纖弱的白色身影混在擁擠的人群中，朝他伸出了手。

對方的表情夾雜著震驚與難以置信，聲音也帶著幾分宛若被背叛的痛苦。這一刻，他們四目相接。但因為場面十分混亂，很快，他們便各自消失在彼此的視野裡。

艾利西低頭靠在帽犯成性的肩上，低低說了句：「我可以發動變小技能了，放我下來吧。」

帽犯成性敏銳地察覺艾利西的聲音有些無精打采，不過仍依言放下他，讓艾利西縮小。

把艾利西拎起來安置在口袋後，帽犯成性拿出了機關槍。

見他亮槍，周遭的玩家們的臉都綠了。讓他們怕成這樣的原因不僅是由於帽犯成性的強悍技巧，還有那把槍。那簡直是堪稱變態的神器，武器本身的數值已經相當嚇人，更足足強化了五次，根本喪心病狂。一被這把機槍射中，血量下滑的速度就跟飛的一樣，沒來得及驚恐完便已經死了。

「愣著幹什麼！別讓他們跑到黑陣營去！」氣急敗壞的怒吼再度傳來，令僵在原地的追兵們回過神，而帽犯成性聽到這聲音，立刻轉身朝蘭斯洛特開了一槍。

正確來說，是朝蘭斯洛特騎的馬開了一槍。這發攻擊瞬間擊倒了駿馬，使蘭斯洛特從馬上摔落。跟在後頭同樣騎著馬的毒蘋果成員們一時煞車不及，也一個個被射中坐騎，面對這心狠手辣的舉動，那些玩家嚇得紛紛收起馬匹。

在帽犯成性面前，擁有坐騎絲毫不具優勢，無數玩家轉瞬成為槍下亡魂，任誰敢接近他都會被擊潰，玩家們一開始還感到憤怒，到後來幾乎只剩下恐懼。

就在此時，毒蘋果會長梅萊騎著白馬現身在人群中，對帽犯成性高喊出聲：「慢著，黑桃二，我們打個商量！」

帽犯成性停下腳步，以陰狠的表情看向梅萊。梅萊深吸一口氣，試圖用最威嚴的語氣表示：「你現在若帶著艾利西離開，同樣的事下次依然會發生，我們是不會放棄他的，除非你留下來。只要你加入我們，我們就立刻放艾利西走，不再強迫他入會。」

艾利西愣了愣，他仰頭看向帽犯成性，一顆心不禁懸起，頓時有點緊張。

而帽犯成性維持著一號表情，很快地回應了。他就像在跟蠢蛋說話一樣，語氣充滿了鄙視。

「加不加入有差嗎？有我在，你們有辦法帶走他？」

Chapter 3 陪愛麗絲跑路的帽匠

隔天，事情立刻在遊戲討論區傳開，許多目擊者都上網發文，白國王領地的風波瞬間成爲《愛麗絲Online》中的熱門話題。

〔討論〕震驚！黑陣營玩家單槍匹馬殺入白國王鎮守的棋盤殿堂！

嚇死我的毛了，昨天跟公會的同伴來白國王領地玩，結果遇到黑陣營玩家在那大開殺戒，我朋友跟我差點都被殺掉。怎麼回事啊？白國王領地不是號稱最安全的區域嗎？爲什麼還有黑陣營的玩家能殺進來？

留言一號表示：「眞的假的？那裡幾乎都是六十等以上的玩家，哪個黑陣營的這麼猛殺進去了，黑皇后嗎？」

「笨蛋，那人可不是普通玩家，是撲克競技場的不敗戰神帽犯成性啊！你看過他跟哪個玩家幹架輸了嗎？」留言二號立刻跟上。

「黑桃二先生不是不參與棋盤城戰爭的？爲什麼會出現？」

「不就是爲了艾利西嗎？聽我朋友說，毒蘋果要求艾利西入會，而他不但拒絕，還因此跟蘭斯洛特開打，不知道是眞是假。」

「他幹麼拒絕？那可是毒蘋果，棋盤城第一大公會！而且他不是毒蘋果女神的弟弟嗎？這已經不是不給面子的程度了，是完全撕破臉了吧？」

「怎樣都好啦！誰快來想想辦法，黑國王率人殺進棋盤殿堂就算了，連黑桃二都能單槍匹馬闖入，白陣營眞的要玩完了！」

「樓上的你冷靜，黑桃二目前還沒表明要加入哪個陣營，他昨天只是爲了救艾利西才擅闖殿堂，擄了人就走了。」

「所以關鍵在那個女王愛麗絲身上？他選哪邊，黑桃二就會跟著選哪邊？」

「怪不得毒蘋果想要艾利西，眞是有先見之明。可這下撕破臉，艾利西恐怕是要選擇黑陣營了。」

這些討論，艾利西自然看到了，他坐在床上滑著手機螢幕瀏覽，搔了搔頭，似乎很煩惱的樣子。

「我也想做決定啊，可是……唉。」他將手機隨意往床鋪一扔，整個人呈大字形躺倒在床上，深深嘆了口氣。

有如一根刺梗在喉頭般，明知該答應莉莉西亞，但他就是無法。

在那之後，莉莉西亞並沒有聯絡他。他不曉得姊姊對這件事是怎麼想的，從小到大，他對莉莉西亞一向言聽計從，從未像這樣忤逆過她，不給她面子。

而對於艾利西的迷惘，帽犯成性沒說什麼。昨日逃離白國王領地後，他們又跑了好一段路，才終於甩脫其餘的追兵。

「哈哈哈毒蘋果會長的臉色超難看的，你比我還會拉仇恨，不愧是大神！」兩人一起躲進暗巷後，鬆懈下來的艾利西笑到彎了腰，在拉仇恨這一點上，他覺得自己跟帽犯成性特別合拍。

「你倒是說說自己又幹了什麼？你去拉了那個紅心騎士的仇恨對吧？」帽犯成性一把捏住他的臉頰，使勁扯了扯，逼得艾利西含糊開口。

「窩不過隨口縮了幾句唔唔唔。」在帽犯成性放開手後，艾利西揉揉雙頰，故作委屈。「我只是想跟他打打看啊，看不出來他還挺強的。」

「你哪裡不拉仇恨，偏要在人家的地盤，還一拉就拉一個比你高十等的。」帽犯成性冷冷地說。「你到底有什麼毛病？不到一天就可以給我惹出這種麻煩。是嫌副本刷不夠嗎？」

「不不不，已經很夠了！」艾利西早就刷副本刷到怕了，聞言連忙搖頭擺手。「我會跑去那裡是個意外，我不知道……不知道會發生這種事。」

想到莉莉西亞，艾利西糾結地抱頭扯著自己的頭髮，他真的不明白該怎麼做才好。

突然間，他的雙手被人抓住，緩緩從頭上拉下來。當他仰頭對上帽犯成性專注的眼神時，心中漸漸恢復了平靜。

現在沒有人能逼他做選擇，有帽犯成性在，他可以慢慢思考。

「早就看她不順眼很久了，那朵假惺惺的聖母白蓮花到底有什麼資格？毒蘋果只收強大的玩家，但莉莉西亞強嗎？作爲一個補師，她沒有玩得特別好吧？所以到底爲什麼能進毒蘋果？」

「不就是長得正嗎？長得正又會撒嬌，把男人們迷得團團轉。什麼只收六十等以上，都是對男玩家設的門檻啦，只要夠漂亮什麼公會都可以加，這才是眞相好嗎？」

「艾利西身爲她的弟弟，肯定知道更多卦，哪個人有見到他就順便問一下吧？」

網路上的訊息傳播向來快速，各式各樣對莉莉西亞不利的發言蜂湧而出，艾利西呆呆看著眾人的討論，即使後來有人跳出來維護莉莉西亞，他也無心在這場越演越烈的筆戰上打轉了。

關於莉莉西亞的傳言，他眞的完全不清楚。莉莉西亞是個多有影響力的玩家，他昨天才發現，而她有什麼流言蜚語，他現在才曉得。

艾利西把臉埋進掌心中，久久不語。

若是以前的他，大概會對這篇帖子的內容感到相當氣憤，認爲都是無稽之談，然而經過昨夜，他的心裡卻沒了底。

他的姊姊當眞對白陣營的所作所爲一無所知嗎？毒蘋果的人在他離開後，把他強行押送至棋盤殿堂，莉莉西亞知情嗎？這或許不是莉莉西亞下的令，然而肯定跟她脫不了關係。

正當他思緒紛亂時，手機鈴聲忽然響了。他不假思索地接起，意外聽到一個熟悉的聲音。

「艾利西，我知道昨天的事了。你還好吧？」

「我沒事啦，昨天很順利地逃走了。」艾利西依舊維持著躺在床上的姿勢，擺了擺手。「不過目前網路上有一半的傳言都是假的，你別信以爲眞喔，夜夜。」

手機那端傳來夜夜笙歌充滿磁性的低笑聲。

「那我可以問問是怎麼回事嗎？莫非你原本就打算去黑陣營，所以才拒絕了？」

「沒有啊，在踏入棋盤城之前，我根本沒聽說有陣營這東西。」艾利西嘆了口氣，說明了一下實際情況，但他的心中依舊存有許多疑惑。

「我眞不懂毒蘋果爲何非要我入會不可，他們的態度很強勢，甚至不准我踏入黑陣營的領地。」

「他們就是怕你加入黑陣營啊。」似乎是覺得艾利西有點傻，夜夜笙歌的語氣帶著幾分笑意。

「爲什麼？」艾利西一臉茫然。

「你當眞不曉得？」

「不曉得啊，直到昨天之前，我甚至不曉得棋盤城內正在進行戰爭。」艾利西感覺自己抓到了一點線索，他坐起身，急促地說：「所以我姊姊一得知我進城後，就邀我加入毒蘋果，該不會也是基於這個原因？她怕我去黑陣營？」

「我想是的。」說到這裡，夜夜笙歌的語氣略顯古怪。「你跟毒蘋果女神的關係究竟好不好？雖然這麼問似乎不太禮貌，不過我跟其他玩家一樣好奇，為何你一開始玩這個遊戲時，沒有加入毒蘋果？」

照理說，這對姊弟的感情應該不差，畢竟艾利西當初會玩《愛麗絲Online》，正是因為莉莉西亞送了他這個遊戲作為生日禮物，而艾利西初入遊戲時，她也曾照顧過他。

但是，以莉莉西亞的身分，要照顧一個新手其實直接拉進公會更省事，莉莉西亞卻沒這麼做，如今艾利西都五十五等了，他們也只是頂多會一起刷副本而已。因此，夜夜笙歌猜測這兩人的感情多半不算緊密。

「姊是跟我提過，不過我拒絕啦，比起跟公會的人一起玩，我比較想跟帽犯在一起。」艾利西笑著解釋。「我跟姊姊的關係確實也有點微妙，我們很早就沒住在同個地方了，雖然目前有聯繫，也只是互加社群網站的好友、有時會約出來吃飯的關係而已。」

聞言，夜夜笙歌並不意外。即使是兄弟姊妹，就算在一個屋簷下朝夕相處，也不見得會特別熟悉，更何況艾利西早就沒跟莉莉西亞同住。

「我們很習慣各玩各的，有需要幫忙時互相罩一下，偶爾聚一聚知道彼此過得很好，這樣就行了。」說完，艾利西又補上一句：「直到昨夜為止，確實是這樣的。」

對於這個情況，夜夜笙歌也沒法說什麼，只能語重心長地叮囑：「總之，你今晚上線後盡量避開白陣營，我想他們不會放過你的。你知道棋盤城有個傳言嗎？」

「什麼傳言？」

「只要是毒蘋果女神想要的，沒有得不到手的。」

晚上上線時，想到夜夜笙歌最後說的那句話，艾利西依舊有些心神不寧。自家親姊姊一夜之間人設瀕臨崩壞邊緣，雖然他不太想接受這個事實，可也不能回毒蘋果那裡向莉莉西亞求證。

由於跟帽犯成性約好了同一時間上線，所以才剛登入沒多久，他便看見帽犯成性也登入了。只是帽犯成性才剛出現，一大堆系統提醒視窗便接連冒出。

帽犯成性想也不想，表情煩躁地連點「否」的選項，艾利西好奇地瞧了下，那些視窗清一色全是信件提醒通知。

「有人發信給你，不看看嗎？」

「看個鬼。」帽犯成性一副恨不得拍死這些提醒視窗的樣子。好不容易解決完大量訊息，一踏出暗巷，遠方便掀起一陣塵煙，一群魚頭人郵差爭先恐後地以跑百米的高速朝他們奔來。

「哎哎？」艾利西嚇了一跳。一般寄信可以直接使用信件功能，但當魚頭人出現時，就代表有包裹了。這群魚頭人懷裡抱著大大小小的禮物，統統都是衝著帽犯成性來的，然而就在他們準備把手上的東西塞給帽犯成性時，帽犯成性一個狠瞪，魚頭人們頓時嚇得煞住動作，乖巧地把禮物放在他面前的地上。

不出幾分鐘，魚頭人帶來的包裹便堆到有一個人那麼高，艾利西瞠目結舌地看了看帽犯，再看看包裹，正想開口時，帽犯成性卻說了聲「走了」，完全沒有碰那堆包裹的意思。

「等等！好歹開幾個吧？要是全部丟在這，就等於丟棄道具了喔？」艾利西連忙拉住帽犯成性的手。

「丟就丟，我不需要。」帽犯成性瞧都懶得瞧一眼，這反應反而讓艾利西不肯走了。他認識的帽犯成性可不是這麼土豪的人，即使是用不到的垃圾，帽犯成性也會收集起來賣給NPC，哪可能看都不看直接扔在地上任人撿？

「既然你不要，那給我可以吧？」艾利西邊說邊幫他拆起包裹。

每個包裹裡裝的都是些挺實用的東西，例如高價藥水以及能附加buff的食物，連市場時常缺貨的強化石也有。他越看越不對勁，剛剛帽犯成性收到一堆信，現在又收到一堆禮物，該不會是有其他迷妹出現了吧？這猛烈的攻勢根本就是要包養帽犯成性了。

「帽犯，你老實跟我說，是不是有人想包養你？」

「……」

艾利西越來越崩潰，但手上拆包裹的速度沒有絲毫減緩，拿到什麼就往自己的物品欄塞。

「不會吧？連我都沒像這樣狂發信件給你和送禮物，到底是哪個變態跟蹤狂如此中意你？這追求攻勢比我還猛烈，簡直不能忍。」

「……」

終於把最後一個包裹拆完，艾利西將所有東西塞進物品欄，留下一地包裝紙，一臉大受打擊的樣子。「不敢置信！你快跟我說那個跟蹤狂是誰，我要跟他決鬥！能像個痴漢般這樣騷擾你的人只能有我一個！」

「你放心，追著我不放的變態跟蹤狂只有你。」帽犯成性的語氣冷到不能再冷，咬牙切齒。「你給我看清楚，送禮的都是不同人。」

「咦？」

艾利西翻了下地上的包裝紙，署名確實皆是不同玩家，這讓他瞬間安心下來，拍拍胸脯鬆了口氣。

「嚇死我了，還以爲有其他人也想包養你。這不行啊，大神。」雖然艾利西現在已經習慣叫對方帽犯了，不過偶爾犯了白目或想吹捧帽犯成性時，還是會忍不住換回原先的稱呼。「以後若是出現想包養你的人，一定要跟我說，誰都別想跟我爭這個資格。」

「再講我就把你扔回白國王領地！」帽犯成性終於無法再忍受艾利西那張嘴，一把揪住他的衣領，一邊怒罵一邊奮力搖晃他。「你這白痴連自己都顧不好了，還敢跟我講這個！」

搖到最後，帽犯成性像是決定放棄治療一樣，甩開艾利西轉身就走。

了過來，用食指在地圖上畫出一條直接通往黑皇后領地的斜線。

「不用研究了，這樣過去。」

「這樣會經過白陣營領地喔？」

「誰敢找碴就讓他死。」每天都在殺玩家的帽犯成性完全不在乎，語氣輕描淡寫得好像只是在說要去吃個晚餐。艾利西確認了下路途中會經過的白陣營領地，卻頓時停下腳步。

該領地的領主正好是棋盤商會會長嵐月，可以的話，艾利西實在不想走那裡。

「我們繞路好不好？那個領地是嵐月的。」艾利西連忙拉住帽犯成性，搖了搖頭。

「那又怎樣？」

「他對你有非分之想。」

「……」

「眞的，他一直在打你的主意，無所不用其極想把你拉進他的商會。」現在艾利西明白爲何嵐月這麼想要帽犯成性了，作爲一個領主，當然得守住自己的收入來源，希望僱用帽犯成性這種**PK**特別強悍的高手也無可厚非。「不管嵐月開出什麼條件，你都別輕易答應。」

想到嵐月不安好心的樣子，艾利西不由得勸說起來。

帽犯成性瞄了他一眼，淡淡表示：「你想太多了，我從一開始就沒打算答應。」

他們邊走邊閒聊，天色逐漸暗下，野火燒過一般的彩霞緩緩消散，換上綴滿星斗的夜幕。

「先跟你說，那傢伙經營的地盤就是棋盤市集，你現在不去的話，之後也沒機會去了，除非你加入毒蘋果。」

聽了這番話，艾利西望著帽犯成性，笑逐顏開。

他自然理解帽犯成性這麼說的用意，這個人知道他喜歡逛市集，所以打算順路帶他去走走。光明正大帶著頭號懸賞對象在敵人陣營逛大街，如此囂張的行徑也只有帽犯成性做得出來了。

但可以的話，艾利西還是不想成爲注目焦點，雖然平時他對此毫不在乎，不過這次他可是帶著帽犯成性，天曉得嵐月又會祭出什麼招數引誘自家大神。對於這位存款數字不知有幾個零的土豪會長，艾利西抱持著莫名的敵意，生怕嵐月跟他爭奪包養帽犯成性的資格。

而當他們抵達白主教的領地時，該怎麼低調立刻有了解答。

白主教領地位於黑色格子，整個區域的色調都是黑色系，猶如鬼城一般。恰好他們抵達時正值黑夜，放眼望去，白主教領地彷彿融入夜色之中，一旁的路燈微微照亮昏暗的街道，光線未及的地方則皆隱沒於黑暗。

儘管此處散發著陰森的氣息，好像一進去就出不來了，玩家們卻似乎相當習慣這種氣氛，手上大多拿著提燈或燭臺說說笑笑的，也有法系職業的玩家以光球照明，身影在昏暗的街道上顯得朦朦朧朧。

「這個地方不錯，我們可以不拿提燈，這樣就不會被人一眼發現我們是帽匠與愛麗絲。」艾利西愉快地說，將掛在腰間的紅鶴收進物品欄，頭頂隨即忽然一沉。他伸手往頭上一摸，摸到了一頂帽子。

「這樣就行了，你只要給我低調不惹事就好。」原來，帽犯成性將自己的帽子摘了下來，直接戴到艾利西頭上。

艾利西笑嘻嘻地調整了下帽子，換上一身搭配帽子的藍黑色系服裝，爲了把自己裝扮得更像帽匠，他又從物品欄拿出一把還來不及賣掉的狙擊槍，背在背後。

幸好他在棋盤城的知名度還不到茶會森林那種程度，只要夠低調的話，不至於被發現，畢竟一般人也不會沒事對路人發動辨識技能。至於帽犯成性他就不清楚了，但他相信除了自己以外，不可能有哪個不長眼的傢伙敢隨便找帽犯成性麻煩。

他們走入鬼域般的黑暗中，街上的房屋窗戶透著微弱燈光，道路兩旁的路燈像風中殘燭般一閃一閃，彷彿隨時都會熄滅，其他玩家手上的提燈猶如一團團鬼火，在街上幽幽飄行。

隨著他們逐漸深入領地中心，四周漸漸變得熱鬧，陣陣歡聲笑語傳來，提燈的光芒曖昧了旁人的身影，看上去竟有幾分詭譎的美感。

身爲走位技巧不錯的玩家，艾利西與帽犯成性一路上盡量避開了光源，行於黑暗之中，目前處境還算安全，沒有任何人注意到他們。

「你看到了嗎？毒蘋果今日發布的懸賞。」

「看到了啊，只要把那個女王愛麗絲帶到毒蘋果本部就能入會，不過這事說來簡單，其實根本難如登天好不好。」

幾個玩家的討論引起了艾利西的注意，他不禁放慢腳步，側耳傾聽。

「一來，他身邊有黑桃二先生守著，二來，誰知道他們跑去哪了？只知道他們八成正在前往黑皇后領地的路上，可誰曉得他們會怎麼走？雖然如果是我，肯定會謹慎選擇路線，總不可能邊逃邊觀光還來這裡逛市集吧？」

「依我看，他們應該會先去最近的黑陣營領地待著，和白國王領地距離最近的是黑主教的領地，黑主教沒什麼了不起的，就算毒蘋果跑去那邊地毯式搜索，黑主教恐怕也不敢吭一聲。」

「我想也是。晚點要去黑主教的領地碰碰運氣嗎？抓不到人也沒關係，向毒蘋果通報一下至少能讓人家留下好印象。」

兩人一邊聽著其他玩家的交談，一邊循著沿途燈光來到了棋盤市集。方才走在街上時，他們還只能跟著路燈與提燈瞎走，然而到了這裡，明亮度瞬間提升，整座廣場盡收眼底。

棋盤城的市集跟另外兩座城一樣，較豪華的攤位有遮棚和木桌，隨興一點的攤位則只在地上鋪塊墊子，地墊攤與木桌攤被明確劃分開來。

兩人走入地攤區，目光完全被周遭的景象吸引，那些地墊上除了琳瑯滿目的商品，還擺了許多蠟燭。有的玩家講求氣氛，利用燭光精心襯托出商品的美；有的玩家追求中二，擺得好像準備作法一般，連五芒星都出來了；有的玩家則生性高調，將自己的攤位搞得燈火通明，生怕別人看不到；也有人走鑿壁偷光路線，攤上一根蠟燭也不擺，就選在特別明亮的攤位旁擺攤。

由於攤位清一色皆以蠟燭照明，艾利西猜想這其中或許有嵐月介入，想要在這設攤，就必須照領主的規矩來。

而嵐月確實管理得挺好，雖然市集位於入了夜便伸手不見五指的黑格子區域，相對不利買賣，但依舊發展出了自己的特色。

艾利西跟帽犯成性漫步在人群中，一路走走停停，艾利西偶爾會跑到攤位前瞧瞧。由於現場人潮眾多，因此即使待在攤位前，其他玩家也沒能認出他。

才剛離開某個攤位，艾利西便看見一個熟悉的身影，他忍不住露出笑容，悄悄走到那人背後，拍了下對方的背。

對方身子一抖，立刻回過頭，一看到艾利西便嚇得臉色慘白。

「艾、艾……」對方結巴了一陣，猛然回神，一掌拍在自己的額頭上。「唉呦我的媽，你怎麼在這裡？」

「好久不見啊，胡椒兔肉湯。」艾利西笑嘻嘻地說。

兔肉湯抓住他的手臂，氣急敗壞地低聲對他說：「你要打招呼也不正常一點，你知道我差點喊出你的名字了嗎！要是被人發現你在這該怎麼辦？你知道你已經成爲毒蘋果的懸賞對象了嗎？」

「別緊張，我沒那麼容易被抓住。」艾利西笑了笑，毫不擔心。「倒是你怎麼會出現在這？」

艾利西記得兔肉湯是紅心商會的成員，會出現在棋盤商會的地盤挺稀奇的。

「咱跟著會長來做生意，正要跟這裡的領主會合呢。你怎麼還有閒情逸致逛街，太誇張了！快點離開，要是被發現絕對逃不掉的。」

「沒事沒事，我們剛剛一路走來都沒怎樣啊，應該不會被發現的——」

艾利西話還未說完，背後忽然傳來一聲大喊：「找到你了，黑愛麗絲！」

他嚇得要叫出聲，帽犯成性及時摀住他的嘴。

帽犯成性雙眼一瞇，神色冰冷地盯著那名大喊的玩家。那名玩家就在他們身後，然而指的人卻不是艾利西，而是另一個倒楣鬼愛麗絲。

「唔唔唔？」艾利西一臉困惑，完全不明白現在是什麼情況，一旁的胡椒兔肉湯也傻眼了。始終警戒著四周的帽犯成性則抓住艾利西，不由分說地把人拖走。

「別問了，快走。」在他說這句話時，人群已經開始聚集，無數人越過他們往那個被指控的愛麗絲湧去，爭先恐後地搶著抓人。見狀，艾利西不敢再多問，只能匆匆向兔肉湯道別。

「嚇死我了，差點以爲眞的被發現了，太剛好了吧？」

離開市集後，艾利西大大鬆了口氣。這大概就是所謂的烏鴉嘴，才剛說不會被發現，就差點被逮著了。

即使有些同情那位被誤認的替死鬼，他也沒法爲人家辯護，只能在內心默哀。

「恐怕不是剛好。」

「咦？」帽犯成性的話讓艾利西又傻了，但大神冷著一張臉，似乎沒有要解釋的意思，艾利西只得暫且按下疑問，跟著帽犯成性躲在安全的地方，一邊刷棋盤城的區域頻道，一邊等待風頭過去。

誤認的消息很快在頻道上傳開，許多人洗版怒罵到底是誰在那邊捕風捉影，給大家添麻煩。不過對艾利西而言，兇手是誰並不重要，沒認出他就好。

他拉了拉帽犯成性的衣袖，示意該走了，帽犯成性點點頭，二話不說跟著他離去。然而當他們走到商店街時，卻遇上聚在一起的紅心商會與棋盤商會一行人。

只見倆商會的會長分別帶著自家成員站在旁邊，盯著幾名騎士把一位哀號不止的三月兔玩家拖過來。

「會長，這個就是在市集引起恐慌的罪魁禍首！」騎士們氣憤地把三月兔扔到嵐月面前。

嵐月瞇起眼睛，蹲到趴倒在地的三月兔身前，手上竄出一撮火苗，微笑著說：「這位三月兔先生，你爲我的市集帶來很大的麻煩呢。給你兩條路走吧，我們現在去重生點，你就在那被反覆殺死掉個十級，或者也可以去棋盤殿堂，向黑兔宣示你要加入黑陣營。」

聞言，三月兔的臉色瞬間慘白，他連忙坐起身手腳並用地往後退，但很快被騎士們箝制住。

「我我我不是故意的！」三月兔嚇得快哭了，顧不得尊嚴在大街上高聲求饒。「饒命啊！我是因爲稍早看到有人發帖說在棋盤市集目擊艾利西，一時太興奮了，才不小心認錯人！」

「原來我早就被發現了？」在不遠處偷聽的艾利西愣了。他連忙開啟遊戲討論區，果眞看到那篇帖子。

「神經病，發現你的第一時間居然是上網發文，而不是馬上抓住你。」帽犯成性對此相當不齒。他看了下討論帖的內容，神色卻突然變得凝重。

「錯了，時間不對。」帽犯成性指出發文時間。「這個時候我們剛踏入白主教領地，還在前往市集的途中。」

「咦咦？那是怎麼回事？」艾利西十分錯愕。「難不成是來的路上被發現了？不可能啊，四周那麼暗，誰都沒注意到我們吧？」

帽犯成性伸手操作起艾利西的瀏覽器視窗，返回了上一頁的畫面，只見討論區裡不只一篇帖子宣稱自己看到艾利西，且發文時間都相當接近。

他開啟地圖，要求艾利西報上每個目擊者所指出的地點。待確認完畢後，他看著地圖，眉頭緊蹙。

「果然，可能有人在試圖預測你的前進路線。」帽犯成性沉聲說。「這些目擊者指出的地點，都是我們有機會經過的地方。我就覺得不可能這麼剛好，偏偏有人眞的鎖定了這裡。」

艾利西心頭一驚，他點進其中幾篇帖子，只見下面的留言罵聲一片，許多人壓根不信，但也有人眞的信了樓主的發言，動身搜索。

「發帖的人多半是想帶頭引起混亂，又或者……」

「或者？」

就在此時，嵐月有些惱怒的聲音響起：「我不管那些毒蘋果的人來我們的地盤幹麼，現在請他們走。因爲他們搞出的麻煩，好好的市集被弄得一團亂，他們現在出現在這無疑是給我添亂。」

這下就算帽犯成性不說明，艾利西也知道怎麼回事了。「有人想利用這場混亂把我引出來。」

算準了時間發帖，並在他們可能經過的地方布下人手，要是帽犯成性沒發現背後有陰謀，他們等等就可能會被毒蘋果逮個正著。

即使其他玩家沒有在目擊者指稱的地點抓到他，他也可能會在逃到下一區時被抓住。這一次的追捕愛麗絲大隊顯然比茶會森林的烏合之眾要厲害得多，艾利西感覺有人是處心積慮地想抓到他，甚至不惜利用網友以及精良的毒蘋果軍隊，也要把他逮到手。

「只要是毒蘋果女神想要的，沒有得不到手的。」

艾利西忽然想起夜夜笙歌的話，從未跟莉莉西亞唱過反調的他一時難以接受這個事實。

「我們走。」帽犯成性也明白這次的敵人有一定程度的本事，於是果斷地選擇避戰。

他握緊艾利西的手，準備帶人離開，然而他們才走沒幾步，不遠處突然一陣騷動，夾帶驚恐的慘叫聲從兩人身後傳來，整條街道有如黑桃二先生降臨了一般，許多人爭先恐後地走避，甚至還有人一路跑向艾利西他們藏身的暗巷。

艾利西與帽犯成性側身貼至牆上，眼睜睜看著玩家們一個接一個與他們擦身而過，在那些人離去後，艾利西從巷中探出頭。

只見大街上陷入混亂，數名騎士將嵐月護衛在中心，警戒地盯著前方，芋叔鼠等人也和自家公會成員縮在街邊一角，眼睛瞪得老大。整條街就像被淨空了，沒跑的人全都望向同一個地方。

「交出來。」在騷動的中心，一道帶著警告意味的聲音響起。「不想死，就把我要的人交出來，這是命令。」

「到了別人的地盤還用這種態度很失禮。」嵐月手持法杖，冷冷地說：「敢在這裡亂來，我也不會讓妳活著走出去的，黑皇后。」

——黑皇后？

莉的作風，畢竟在他倆交情還不深時，伊絲莉就能當著蘭斯洛特的面說出「艾利西是我的人」這種話了。她是個極有正義感的大神，認為既然自己有能力，就該盡量保護弱小的玩家。

這也是她令艾利西擔心的地方，同樣是對自己很有自信的大神，帽犯成性懂得謹慎兩字怎麼寫，而伊絲莉卻不知道。

「眞搞不懂妳這種把網遊當勇者遊戲玩的玩家，妳該不會以為自己能保護所有人吧？因為是遊戲，就以為什麼都能心想事成了？」嵐月哼笑一聲。「給妳個忠告吧，別多管閒事。棋盤城的領主們可不是NPC，只要無腦狂打就能打死。」

「你——」伊絲莉被激怒了。她向前踏出一步，頗有打算攻擊嵐月的意思，護住嵐月的騎士們立刻舉起了武器。

面對劍拔弩張的氣氛，艾利西按捺不住了，他放開帽犯成性的手，從暗巷中走出。

「好啦，大家都冷靜一下，這事很好解決的不是嗎？」他舉起雙手示意投降，一邊打圓場一邊站到伊絲莉面前，擋住了嵐月的視線。

有些沒看過艾利西的人一臉納悶，有些反應較機靈用了辨識技能的人則當場瞪圓雙眼。

「這不是艾利西嗎！還眞的在這裡？」

「什麼，他就是艾利西？」

「我的老天，我用辨識技能看到了，那個ID還有所屬陣營，肯定是本人不會有錯！」

「搞了半天他居然眞的在這啊！」

現場一片譁然，連嵐月也不禁睜大眼睛，神情錯愕。

「那個笨蛋。」帽犯成性咒罵了一聲，臉色相當難看。儘管艾利西已經暴露在眾目睽睽之下，他仍選擇待在暗巷中，以便隨時應付突發狀況。

「讓我們去領地內的重生點把人帶走，只要你不攻擊我們，我們也不會攻擊你。伊絲莉本來就沒有開戰的意思。」艾利西笑著繼續說，一副若無其事的樣子，然而他的出現實在太突然，無論是伊絲莉還是嵐月一時都無法反應過來。

「你怎麼會在這裡？」伊絲莉抓住他的手臂，一改憤怒的神色，慌張地看著他。

「這是我想問的吧？你們莫非是串通好要給我難堪？艾利西，先前我向你提出的交易有惹到你嗎？犯得著把黑皇后引來我這？」

「這不干艾利西的事！我根本不知道他在你的地盤。」伊絲莉激動地想上前解釋，卻又被艾利西推回背後。

「沒事沒事，這眞的是個意外，我只是在逃亡途中順便來棋盤市集逛逛而已。」艾利西收起狙擊槍，重新將紅鶴掛回腰上，不過頭頂依舊戴著帽子。「我逛街時很低調的，惹事的是其他人，不關我的事。」

「你現在出現在這裡就是給我惹事了。艾利西，看樣子你打算加入黑陣營了是吧？」嵐月雙手環抱在胸前，語氣一派輕鬆，卻令人不寒而慄。

見情況不對，帽犯成性舉起槍，暗自瞄準嵐月。

「可以的話，我是希望你能加入我們的，你若是讓紅鶴伊絲莉成爲最強愛麗絲，又帶著黑桃二先生投奔黑陣營，這場戰爭的戰力平衡就眞的要傾斜了。」

「這我知道。」艾利西點點頭。正因如此，白陣營才不希望他去投靠黑陣營，有了他，黑皇后會更強，而帽犯八成也會跟著他選擇同陣營。

「夠了，艾利西沒說過他要加入黑陣營，你不要妄下定論。」伊絲莉憤怒地駁斥。「這件事我們自己私下處理，你到底要不要讓我們走？看在艾利西的面子上，就照他說的，只要你答應，我們可以和平解決。」

嵐月沉默了下，最後伸手示意騎士護衛們退後。「好，你們去重生點救人吧，救完了就快走。」

伊絲莉不想跟他多談，哼了一聲，便帶著艾利西掠過棋盤商會的人走了。當他們即將離開時，嵐月又說了一句。

「我可是看在黑桃二先生的分上才同意的，帽犯成性肯定就在附近，要是我跟你們開戰，那個男人會毫不猶豫地殺了我。懂了嗎？黑皇后。黑桃二比妳聰明多了，他才是眞正具有威脅性的傢伙。」

伊絲莉最討厭別人看不起她，這番話讓她氣得又想回頭理論，艾利西趕忙拉住她。「先走吧？其他黑陣營玩家還等著救援呢。」

經他提醒，伊絲莉只好吞下這口氣，惡狠狠地瞪了嵐月一眼後，才轉身隨艾利西離去。

一遠離現場，伊絲莉便急促地開口：「你不該出現的，艾利西……」

「這句話是我該說的。」一道帶著怒意的嗓音從暗處傳來，艾利西扭頭望去，接收到帽犯成性冰冷無比的眼神。

艾利西搔了搔頭，笑著回應：「沒辦法啊，毒蘋果的人就在這一帶，這裡又是嵐月的地盤，伊絲莉不像你那麼令人放心。是你的話，我相信無論什麼狀況你都有辦法應付，可是她不行。反正等等也要去她的領地，就幫她一下吧？」

說完，他握住帽犯成性的手。「我還是一樣會緊緊跟著你的。我要亂跑時拉上你不就好了嗎？」

聽了這番歪理，帽犯成性只想一掌拍死這個人，而伊絲莉在一旁看得啞口無言，當帽犯成性朝她瞪過去時，正好與她對上目光。

因爲艾利西的關係，帽犯成性也免不了跟伊絲莉組過幾次隊，他知道艾利西跟伊絲莉感情不錯，但並不只是因爲在戰鬥上契合。這位紅鶴愛麗絲老是把艾利西當徒弟，不過實際上究竟如何，帽犯成性可不會看不出來。

而平平都是大神，艾利西還知道哪些話不能在伊絲莉面前說，對他卻沒有一點顧慮，根本就是故意耍白目。

「艾利西，你打算加入我們嗎？」伊絲莉有些遲疑地問。

「這個嘛，我還沒決定，只想先到處看看而已。」艾利西認真地注視著伊絲莉，像是希望她不會爲此責怪他。

「也是，你要是決定了，早就會跟我說了。」伊絲莉的聲音顯得悶悶不樂。

艾利西原本想澄清，在她出現之前，他並不知道黑皇后是誰，但想想還是作罷了。

伊絲莉似乎並不像莉莉西亞那樣難以接受此事，這讓他鬆了口氣。

他走在伊絲莉旁邊，帶著笑傾身看她。「妳希望我加入嗎？」

突如其來的問題令伊絲莉一愣，然而在她回應之前，有人代替她先開口了。

「艾利西。」帽犯成性的聲音似乎比平時更加冰冷了些。

艾利西回頭瞄了自家大神一眼，他猜想帽犯成性大概是要他別亂給人希望。

於是，艾利西乖乖站直身子。「我就問問而已，和剛才說的一樣，我暫時還沒有打算決定加入哪個陣營。」

伊絲莉點點頭，欲言又止。

「走吧，不是要救人嗎？完成任務後，我想去妳的領地觀光。」艾利西笑著拍了拍她的肩，瞧見這毫無陰霾的笑容，伊絲莉也不再說什麼。

帽犯成性默默跟在一旁，表情依舊不甚愉快。對於這種突發狀況，他早已認命了，畢竟艾利西從不按他料想的來。

由於得到了嵐月的應許，又有艾利西與帽犯成性在旁護衛，因此伊絲莉很順利地完成了救援任務。她跑遍白主教領地的重生點，一一把那些被困在重生點的黑陣營玩家帶走，面對一群黑陣營玩家外加兩位大神護送的隊伍，白陣營的人無法輕易找碴，一路上沒再發生什麼意外。

「對了，我還沒問妳爲何會成爲黑皇后。」黑皇后的領地就在眼前，艾利西忽然想到這件事。他不清楚玩家該如何成爲領主，只能確定不是靠 **PK** 來分配領地。

「這、這個……是前一任領主待不下去扔給我的。」伊絲莉搔了搔臉頰，不自覺地別開了眼。「我對領主身分沒什麼興趣啦，可是黑陣營需要幾個有威嚇力的玩家坐鎮，不然很難生存下去。所以我想說就當個領主，給大家一塊淨土。」

瞧她說得不乾不脆的，艾利西忍不住笑了。他點點頭，體貼地沒有戳破少女的真正心思。

他們走在黑漆漆的街道上，再往前幾步就能踏入景色一片雪白的黑皇后領地。伊絲莉站到艾利西面前，帶著意氣風發的笑容，對他敞開了雙手。

「艾利西，不管你最終選擇了誰，這裡都歡迎你。只要是我想保護的人，統統可以待在這。」

帽犯成性顯然明白他的擔憂，露出一臉想把他推去挨刺的不耐表情。

他們隨著伊絲莉穿過彎彎繞繞的藤蔓小徑，來到一幢精緻小巧的木屋前，旁邊還有個玫瑰小花園，整個場景如風景畫一般唯美。

「這個家不錯啊，附近有類似的房子嗎？」艾利西讚歎，馬上打起置產的主意。

「有啊，你想要的話，我可以介紹幾棟不錯的房子給你。」伊絲莉爽快地表示。

艾利西正想接話，卻發現帽犯成性不知何時落在了後頭。他回過頭，只見對方停下了腳步。

「沒事的話，我要走了。」

「咦？」

艾利西一時有點反應不及。其實這話他以前也聽帽犯成性說過，只是共患難了幾天，如今突然又聽到這句話，讓他頓時有種被拋棄的感覺。

但仔細想想，帽犯成性會陪著他，目的就只是把他帶到安全的地方。如今他順利來到黑皇后身邊，帽犯成性確實是完成任務了。他猜想對方大概根本不想參與這場戰爭，只是因爲他的關係才涉入，所以趁現在抽身是個相當好的時機。

「那我先跟伊絲莉進去啦。」於是，艾利西故作乾脆地點點頭，笑著道別。

不過在他轉身離開前，帽犯成性拉住了他的手。這個向來不問世事的男人，此刻正專注地凝視著他。

「有問題要跟我說。」

這話說得眞切，還帶著幾分沉重。說完，帽犯成性鬆開艾利西的手，邁步而去。

這樣的態度令艾利西有些摸不著頭腦，他感覺自己眞的不太了解帽犯成性。有時他會覺得他倆很親近，可多數時候他都是霧裡看花。

帽犯成性的離去同樣在伊絲莉的意料之外，在他走後，伊絲莉驚訝地問：「結果他單純只是護送你到我這？」

「看樣子好像是。」艾利西邊說邊跟著伊絲莉走進屋裡。

伊絲莉回過身，雙手插在腰間，一臉懷疑。「你跟帽犯到底是什麼關係？」

「啊？」艾利西傻愣愣地望著她。

「你知道整座棋盤城都在談論你們嗎？大家都認爲帽犯會跟你選擇同一個陣營，畢竟他態度這麼明顯，誰敢與你爲敵他就修理誰。結果到了這個關頭，他卻走了？原來一切都是誤會，他從一開始就不打算參與這場戰爭？」

「誰知道呢？也許是這樣吧。」艾利西聳聳肩，笑嘻嘻地說：「沒辦法，我男神永遠一副不食人間煙火的高冷樣，沒人懂他在想什麼的。」

伊絲莉深感認同。「他要不是那副誰都別想接近他的樣子，早就成爲棋盤城的領主之一了。」

類似的話艾利西也對帽犯成性說過，理所當然地被無視了。帽犯成性玩網遊的目的很簡單，僅僅是想殺人排解壓力而已。

「妳待在這安全嗎？」雖說這裡是伊絲莉的領地，不過黑陣營畢竟處於弱勢，因此艾利西反而比較擔憂伊絲莉的安危。

棋盤城的戰爭不同於一般的PK競技，一般的PK打完後就沒事了，可是在棋盤城就算落敗甚至死亡，還是有可能被人追殺到天涯海角。

他自己倒好，有大神護著，多數玩家可沒這種運氣。

「我很好啊，我可是最強愛麗絲，有多少人能拿我怎樣？」伊絲莉哼笑出聲，一如既往地充滿自信。「況且我還有盟友。」

「妳說黑國王？」

「不只，還有一個你很熟悉的人。」

說到這裡，伊絲莉推開了房門。

「終於抵達了啊，我還在想你要多久才會來呢，艾利西。」

語帶笑意的聲音從房內傳出，一名身著綠色斗篷的毛蟲玩家坐在裡頭的沙發上，悠哉地抽著水煙。

不用說，對方正是夜夜笙歌。看見他的瞬間，艾利西愣住了。

「咦？夜夜你怎麼會在這？」

夜夜笙歌是茶會森林的居民，理應會跟貓不笑他們一樣，對棋盤城的戰爭袖手旁觀，然而此刻這位情報商卻在黑皇后的領地，這怎麼看都是要參戰的意思。

「我邀他來的。」伊絲莉一屁股坐在夜夜笙歌旁邊的位子上，理所當然地說。「夜夜笙歌可比你家那位撲克臉帽匠好說話多了。」

「會嗎？我覺得帽犯很好說話啊。」艾利西偏了偏頭，嘴角不自覺地上揚。

「整個遊戲裡大概只有你會這麼想。」夜夜笙歌說完，伊絲莉跟著點頭，簡直不能更贊同。

「我只是來這坐坐，出點主意，不會眞的參與戰鬥。」夜夜笙歌笑著解釋。「雖然我是森林的居民，但又不是NPC，總有出來走走的時候。」

「怪不得你叫我去黑皇后領地。」艾利西跟著坐了下來，看向伊絲莉，他感覺伊絲莉對這場戰爭是認眞的。「聽說是妳殺進了棋盤殿堂發起戰爭？爲什麼？」

雖然根據伊絲莉的爲人，他已經隱隱猜到了原因，不過還是想問個清楚。

「要怪就怪白陣營啊。」伊絲莉沒好氣地說。

「情況有點複雜，還是我來說明好了。」向來理性的夜夜笙歌接過話頭。「早期棋盤城其實鮮少有戰爭，大家的目的大多只是得到領地，對於本身所屬陣營並不在乎。雖然棋盤城的黑白陣營設定也是一大特色，可最吸引玩家的是領主制度，成爲領主不僅能將領地改造成自己喜歡的模樣，還能收取租金與抽成，想變成土豪玩家，當上領主絕對是不二法門。」

夜夜笙歌微微一笑。「而成爲領主有很多方法，最簡單的方法是砸錢與拉人連署，所以大部分的領主都是公會會長，只要動用公會資金，並動員公會成員參與連署，便有很高機率可以成功上位。不過，想讓在位的領主『頂讓』自己的位置也很容易，這裡畢竟是能不給人退路的地方，永遠都有辦法讓人自行退位。」

「先說好，前任黑皇后是因爲受夠了這座城的烏煙瘴氣，打算退出這個遊戲，所以才把領地丟給我的。」伊絲莉聽出了夜夜笙歌的弦外之音，立刻爲自己辯解。「我這裡是和平轉讓，不像白皇后領地。」

「是的，白皇后領地。一切的開端都在白皇后領地易主之後。」夜夜笙歌的聲音壓低了幾分，輕鬆愉快的語調轉爲嚴肅。他觀察著艾利西的表情，緩緩述說。「白皇后領地的前任領主是毒蘋果會長的前女友，後來他們分手了，領地隨即轉讓給莉莉西亞。差不多也是從這時開始，黑白陣營的對立一天一天激化，且白陣營的大公會招收會員的標準越來越嚴苛，只招攬高手，拒收低等玩家，甚至還出現比賽制度。每隔一陣子，公會內部就會舉行擂臺賽，排名最低的玩家不僅會被踢出公會，還會被逐出白陣營。在這種風氣下，棋盤城兩大陣營的戰力平衡慢慢傾斜，歧視的情況也日漸嚴重，許多黑陣營領地頻頻被白陣營找麻煩，有的領主不堪其擾，因此搬離了棋盤城。」

「黑陣營的處境每況愈下，不過我的領地內向來還算平靜，看在我的面子上，沒什麼人敢來搗亂。我的態度很明確，就跟黑桃二一樣——」伊絲莉雙手環抱在胸前，靠著沙發椅背，直接了當地說：「我才不管這地方在打什麼仗，黑皇后領地內的居民就是我的人，誰敢找他們麻煩，就等於與我爲敵。」

對此，艾利西毫不意外。伊絲莉從不會去衡量自己是否眞能保護每一個想保護的人，因爲她對自己的實力相當有信心。大神玩家似乎多少都有點這種萬夫莫敵的自信。

「沒想到，有天毒蘋果的人竟然在我的領地內鬧事，砸了居民的店。」伊絲莉說著，臉色陰沉起來。「老虎不發威把我當病貓是吧？沒問題啊，我又不是不敢打，要打棋盤戰爭就來。」

這下子，艾利西終於弄清楚戰爭的起因了。當初聽莉莉西亞說明時，他心裡始終有種怪異感，覺得好像有什麼事情被隱去不提，如今總算眞相大白。

「所以妳就跟黑國王合作了？」

「沒錯，那傢伙仇視白陣營很久了，知道我的領地遇到麻煩後，就來邀我一起打棋盤戰爭。」

夜夜笙歌吸了口水煙，沒有發表任何意見，讓伊絲莉繼續說下去。

「目前就像你看到的這樣，我是黑陣營的主戰力，並邀了夜夜笙歌來幫忙。我有一整個領地要守護，因此在守城方面會請教夜夜笙歌，畢竟他是控場專家。」

艾利西點點頭。身爲茶會森林的居民，夜夜笙歌出現在這裡雖然令人訝異，但想想也不奇怪。有別於跟誰都處不來的帽犯成性，夜夜笙歌先前因爲艾利西的關係跟伊絲莉合作過幾次，早有交情。且夜夜笙歌本就不喜歡仗著自己強大而欺凌弱者的人，選擇黑陣營也是理所當然。

「這件事妳爲何完全沒跟我說呢？」艾利西坐到伊絲莉身旁，凝視著那雙蔚藍的眼睛。

伊絲莉愣了下，微微低頭，悶悶不樂地說：「因爲你是白皇后的弟弟啊。我是你的朋友，而莉莉西亞是你姊姊，要你加入我們會讓你感到爲難吧？」

艾利西頓時想起，在他踏入棋盤城之前，莉莉西亞也沒向他提過任何這裡的事。

「艾利西，我當然希望這種時刻你能在我身邊，但我才不是那種你跟我好就不能跟其他人好的幼稚朋友，我不想害你爲難。」

伊絲莉的話彷彿仍在耳邊迴盪，直到從伊絲莉的家走出來後，艾利西的腦海中依舊是她沮喪的樣子。

或許在許多人眼裡看來，伊絲莉就跟帽犯成性一樣無懈可擊，可是在那大神的武裝之下，伊絲莉是怎樣的人，艾利西十分清楚。

正因如此，所以他很難坐視不管。

「我就知道你一定會陷入苦惱。」

夜夜笙歌隨後步出伊絲莉的家，走到艾利西身旁，默默抽了口水煙。

「你別怪她刻意瞞著你，而我想白皇后和她一樣，也是有意不讓你知道這場戰爭。」

「你說姊姊？」

「你難道沒發現？爲何這場戰爭鬧得這麼大，就是沒傳進你耳裡？我想不只是伊絲莉，白皇后也有干涉。她們都知道你跟敵方皇后的關係，不希望讓你爲難……或者說不希望與你為敵，才不願讓你得知。」

「現在我得知了，姊姊不會放過我的。」艾利西忍不住喃喃。

「沒錯，若你沒踏入棋盤城，她們還能繼續相安無事，但當你來到棋盤城後，白皇后就緊張了。你可以讓黑皇后變得更強，帽犯成性也多半會跟你選擇同陣營，光是這兩點就足以令白陣營如臨大敵，所以他們一定會拉攏你。」說到這裡，夜夜笙歌頓了頓，又說：「不過這只是客觀分析，很多時候事情是不能用一般邏輯來判斷的，例如莉莉西亞對於你逃離毒蘋果一事的想法……艾利西。」

艾利西看向夜夜笙歌，夜夜笙歌表情柔和，帶著幾分認眞，被那雙眼睛注視著，艾利西不自覺地拋開雜念，將全副心神放到了對方身上。

「雖然這樣問有些冒昧，但……你是單親家庭，對吧？」

艾利西沉默了一會，露出淡淡的笑。

「沒錯，我來自單親家庭。當初爸媽離婚時，莉莉西亞被我爸爸帶走了。」

他的語氣平和，就像在訴說一個很遙遠的故事。

「那時我們還小，在爸媽離婚後，很長一段時間都沒有再見過面，直到長大開始使用社群網站，才互相加了好友，有了多一點互動。我們住在不同縣市，偶爾會約出來吃個飯，有時也會邀請爸爸或媽媽分別和我們一起用餐，就只是很普通的姊弟關係。」

艾利西停下腳步，望著前方繁花似錦的玫瑰花圃。他隨手摘了朵白玫瑰，凝視著白玫瑰的目光有如欣賞著什麼寶物。

「雖然不知道姊姊爲什麼要這樣對我，可是不管她做了什麼，我都認爲女孩子就像花一樣，需要細心呵護才能綻放出美麗的模樣，每一朵都值得被好好對待。」

艾利西回頭看夜夜笙歌，語氣難得認眞。

「所以，夜夜你能告訴我嗎？這場戰爭有了勝負的話，兩位皇后在那之後還能平安無事嗎？」

夜夜笙歌沉默了下，緩緩開口：「這點我無法確定。她們是皇后，在這個黑白棋盤上，皇后是最強而有力的棋子，運用得好甚至能左右整個戰局。所謂責任越大，風險越高，落敗的一方肯定不會被輕易放過，掉等級都已經算是小事。」

聞言，艾利西靜默不語。

「艾利西，戰局已經進行到一半，無論是伊絲莉還是莉莉西亞都無法抽身了，尤其是毒蘋果女神。」

見艾利西顯得魂不守舍，夜夜笙歌忍不住伸手摸摸他的頭。「沒事的，艾利西。不管你選擇哪個陣營都沒關係，我會幫你看好伊絲莉的。」

艾利西點點頭，這才重新展露笑顏。

既然眼下無法決定，他也只能多走多看，這一次他終於得以窺見黑陣營的地盤了。他在夜夜笙歌的帶領下離開荊棘小徑，刻意從與來時不同的方向出去，以避開人群，還背了把槍讓自己不要這麼顯眼，以免又被詢問是不是要加入黑陣營。

「想必你之前也是靠這招混在棋盤市集中吧。」夜夜笙歌不禁一笑。

這個隱藏身分的方式雖然拙劣，但在人潮眾多的地方，一般人要找特定對象通常會下意識先從職業篩選，若沒有仔細分辨，很容易在初步篩選中就把艾利西排除。

伊絲莉的領地開滿了純白玫瑰，荊棘也比任何領地都來得多，整個區域猶如被女巫詛咒的城鎮般，米白色磚牆上攀附著錯綜交纏的荊棘，走在巷弄中彷彿置身叢林，僅有透過枝葉縫隙灑下的微光，爲這座棘刺之城帶來些許暖意。

艾利西穿梭在充滿幻想色彩的街道上，伸手輕輕拂過細小的玫瑰棘刺，指尖略略感到痲癢。這刺就如同觀賞用仙人掌，乍看扎人，實則不然，和伊絲莉看似不好親近，事實上沒有想像中難相處一樣。

「你瘋了嗎？好端端地去棋盤市集幹麼？那裡可是白陣營的地盤！」

「沒辦法啊，這裡玩家太少了，我在這擺攤賺不到什麼錢，想說市集龍蛇混雜的，偷偷混進去應該沒關係，哪知道……」

「笨蛋，就跟你說過現在除了黑皇后領地外，其他地方都不能去了！」

不遠處的大罵聲吸引了艾利西的注意，只見一名白兔女玩家正把面前的三月兔男玩家罵得狗血淋頭。

「除了黑皇后領地，其他地方都不能去？」艾利西湊了過去，好奇地問：「你們連離開這座城都做不到嗎？」

一看到他，兩位玩家的眼神都亮了。「艾利西！你決定留在這裡了嗎？」

「快救救我們吧，黑陣營的玩家都被困在這了。車站被白陣營占領，黑皇后周遭的格子也有白陣營的人駐守，偏偏黑皇后領地沒有傳送點，所以我們才出不去。」

「他們幹麼做得這麼絕？」艾利西納悶地問。他相信不可能每個玩家都想參與戰爭，有些人只想低調度日而已，偏偏白陣營連這也不允許。

「因爲他們是黑皇后領地的居民。」夜夜笙歌代爲解釋。「伊絲莉最討厭別人欺負她的人，既然都已經撕破臉了，白陣營便看準這點行事，目的正是引她現身。有別於其他領主都在自己的地盤躲得好好的，伊絲莉是少數會去敵方領地衝鋒陷陣的玩家。」

「她自己一個人？」

「自己一個人。」夜夜笙歌吸了口水煙，不鹹不淡地說：「大神玩家嘛，都對自己的實力很有自信的。」

說完，像是想到什麼似的，夜夜笙歌嘴角一勾，露出略帶嘲諷的微笑。

艾利西的目光飄向伊絲莉的家，若有所思。

「那夜夜呢？你不是住在茶會森林嗎，怎麼會參與棋盤城的戰爭？」身爲情報商，夜夜笙歌一旦表明自己是黑陣營，肯定會有一堆白陣營玩家爲此疏遠他。基於這點，他其實完全沒必要蹚這個渾水。

艾利西想過很多可能性，然而夜夜笙歌的回答卻出乎意料。

「因爲我想當個好人。」

「啊？」艾利西一時無法理解。

「艾利西，在這個死亡可以復生、失敗能夠重來的世界裡，所有惡意會更加毫不遮掩，同樣的，善意也是。」夜夜笙歌又吸了口水煙，神情愉快。「你會遇到惡劣的白陣營玩家，也會結識像我跟伊絲莉這樣的人。行善行惡僅在一念之間，不需考慮太多，這不是很棒的事嗎？」

艾利西搔了搔頭，依舊不太懂。見狀，夜夜笙歌繼續說明：「不只是我，黑皇后和白皇后也都一樣。這裡是夢中的世界，大家都在作自己想作的夢。白皇后希望被眾星拱月，所以她成爲了毒蘋果女神，黑皇后想當英雄，所以她當上了領主。」

說到這裡，他頓了一下。「我明白這兩個人對你而言都很重要，但……很多時候，你只能選擇其中一方。」

就像他與帽犯成性水火不容一樣，夜夜笙歌猜想，艾利西肯定不曉得帽犯成性爲何會突然離開。

「我知道。」向來樂天的艾利西終於露出了煩惱的表情，有些沮喪地回應。

夜夜笙歌笑而不語。正當他打算換個話題時，他看見艾利西的面前蹦出一個視窗，隨後艾利西的表情就變了。先是錯愕，接著是強烈的驚慌。

夜夜笙歌瞄向視窗，原本上揚的嘴角垂了下來。

那是密語視窗，且發話者是明明不該出現在這個區域的人。

【密語】莉莉西亞：牧曦，救我……我就在這裡，在你待的黑皇后領地。

Chapter 5 包容愛麗絲的帽匠

「別去。」夜夜笙歌按住艾利西的肩膀。「這是陷阱。」

「萬一她眞的在這呢？」

「這裡可是黑皇后的領地，她這麼說多半只是要引你前往某個目的地。」話雖如此，不過夜夜笙歌對毒蘋果女神的了解有限，也無法斷定莉莉西亞有沒有可能瘋狂到深入敵營。

「不管是不是陷阱，我都要去確認一下。」艾利西抓住夜夜笙歌放在他肩上的手，緩緩拉開。「即使是陷阱，我也有自信能逃得了，可如果我姊姊眞的遇難，那就不能不管。你說過的，黑白皇后是這場戰爭中的關鍵人物，若姊姊被敵對陣營抓住，下場絕不會好過。」

望著艾利西堅決的模樣，夜夜笙歌不禁心想，這樣的反應是否也在白皇后的計算之中？

自知說服不了艾利西，夜夜笙歌嘆息一聲，只好讓艾利西繼續與莉莉西亞對話，同一時間，他自己也聯絡了伊絲莉。

「她就在這附近，我先走——」

「我跟你去。」夜夜笙歌打斷他的話，語氣明顯不容拒絕。

艾利西也不阻攔，隨即帶著夜夜笙歌前往莉莉西亞指示的地方。莉莉西亞發來的座標在一座花園裡，花園的設計近似迷宮，沿途彎彎繞繞的，四周的白玫瑰圍籬約莫三公尺高，令身在其中的人都隱沒了身形。

他們花了好一番工夫才抵達莉莉西亞所在的位置，只見一座小露臺坐落在花園之中，四周被樹籬環繞，只有一條小徑能夠通往。

一名身披白色斗篷的女子獨自站在露臺上，背對著他們，望見那纖瘦的背影，艾利西忍不住開口：「姊姊。」

「你還記得嗎？」女子伸出纖細的手拉下斗篷的兜帽，微風輕輕一吹，撩起她的褐色長髮。「當初與你重逢時，我眞的很開心。十年前我們都還太小，不懂離別的意義，也不懂爸媽分開的原因。」

「但這些都過去了，即使我們已經屬於不同的家庭，依然是姊弟。」莉莉西亞轉過身，對艾利西露出淡淡的笑容。「你是我最愛的弟弟，不管發生什麼事，我都不會棄你不顧的，所以啊……」

她朝艾利西伸出手，溫柔地說：「回到我身邊好不好，曦曦？在這個世界裡，我最信任的人就是你。我敢獨自待在這座花園的原因也是你喔，曦曦。就算我墜入萬劫不復的深淵也不會害怕，因爲我相信你一定會來拯救我。」

這番話以及那宛若月光般純潔無瑕的神情，令艾利西呆愣了許久。

最後，他緩緩向前踏出一步。

就在此時，始終待在旁邊沉默不語的夜夜笙歌猛然拉住他的手。

「你眞的相信她的話嗎?艾利西。」夜夜笙歌的語氣難得嚴肅。「她是不擅長戰鬥的白皇后，不可能一個人獨自待在這。」

莉莉西亞眞的現身，出乎了夜夜笙歌的預料。棋盤城的領主們雖是棋子，但也是玩家，除了自己的領地以外，確實可以去其他地方，想跑到敵方領地送死也沒問題。毫無疑問，無論是誰看到莉莉西亞出現在這，都會認為她是不想活了。

問題是，莉莉西亞眞有那麼天眞嗎？

莉莉西亞瑟縮了下，怯怯地說：「我的確不是一個人來的……一開始我說要來找曦曦，公會的大家都阻止我，可我堅持要來，所以最後幾個公會的朋友就陪我一起來了。只是途中……」

莉莉西亞的聲音有些哽咽，不用說完也知道這段沒了下文的話是什麼。

「我只能躲在這裡，除了曦曦以外，眞的不曉得還能依靠誰了。」

「哦？是嗎？」夜夜笙歌轉過身，將煙管指向她，笑笑地說：「那要不要賭賭看，若我現在攻擊妳，會不會有人跳出來替妳反擊呢？」

「夜夜！」

艾利西驚慌地喊了一聲，夜夜笙歌沒理會，逕自盯著莉莉西亞。

「你會這麼想也很正常。沒關係，如果在這裡死去，也是我自找的，是我太天眞，以為來到這裡就能帶曦曦回去。」莉莉西亞難過地說。

「妳太客氣了，我聽說有群毒蘋果的精銳成員在棋盤市集出沒呢，如果他們得知妳獨自闖入這裡，肯定會嚇得趕緊殺過來吧？」夜夜笙歌笑吟吟地說。

「你別笑話我了，有黑皇后還有你在，我怎麼可能讓大家爲了我涉險？雖然我是棋盤城的居民，但是你的名號我還是聽過的，畢竟過去也在撲克競技場上見過一次嘛。」莉莉西亞面有難色地笑了笑。「上次我弟弟因爲持有神武而被追殺的事，眞是受你照顧了，他這人就是比較粗心大意，明知不能隨便張揚卻還給認識的人看，實在是傷腦筋呢。」

「不要緊，還好事情最後圓滿解決了。妳也相當厲害啊，在競技場上不費一兵一卒就使敵人倒戈，眞是甘拜下風呢。」

艾利西呆呆地看著一來一往的兩人，不知爲何總感覺有股若有似無的火藥味。

莉莉西亞深吸一口氣，望向被夜夜笙歌擋住的艾利西，有些無助地對他喊話：「曦曦，對不起，我本來是抱著必死的決心來帶你回去的……不過我想你的朋友應該不會放我走了。」

「咦？」艾利西傻住了。

夜夜笙歌沉默地注視莉莉西亞，一時沒有作聲。莉莉西亞在逼他回應，而他認爲現在無論自己攻不攻擊，對莉莉西亞都有利。

一旦攻擊了，恐怕會有伏兵跳出來反擊；可若他不攻擊，艾利西遲早會被莉莉西亞說動。

如果艾利西眞心想加入白陣營，他也不會反對，然而問題是，莉莉西亞有讓艾利西選擇的意思嗎？

「我跟其他男人不同，我可從來沒有小看過妳。」夜夜笙歌搖了搖頭，對莉莉西亞溫聲開口。「妳認爲一切都在妳的掌握中嗎？很抱歉，可能要讓妳失望了。」

他一把抓住艾利西的手，笑咪咪地說：「妳的最終目標是他對吧？那我只要把他帶走，妳就沒轍了。」

說完，夜夜笙歌拉著艾利西便跑。

「哎？等等，夜夜——」艾利西錯愕不已，但他的等級比夜夜笙歌低，毫無反抗能力。「姊姊還在那啊！她一個人待在那肯定會被殺的！夜夜！」

「那也是她自找的。」夜夜笙歌哼笑出聲，艾利西頓時有些反應不過來。他一直以爲夜夜笙歌對誰都很溫柔，更別提是對像莉莉西亞那樣美麗溫婉的女性。

正當艾利西思考著要不要發動變小技能跑回去時，夜夜笙歌又發話了：「你確定要回去嗎？帽犯成性花了這麼多力氣護送你來這裡，你要是這麼輕易就回到莉莉西亞身邊，不就糟蹋了那傢伙的心意？」

「我……」艾利西說到一半，忽然覺得身體一寒。

一道蠻橫的劍氣猛然從旁殺出，朝兩人襲來，所幸夜夜笙歌及時扭身閃過。他停下腳步，涼涼地表示：「我就說吧？即使她沉得住氣，你們也絕對沉不住氣的。」

艾利西睜大雙眼看向那道劍氣的來源——蘭斯洛特。

紅心騎士站在花園一角，臉色無比難看，除了他之外，還有約莫五、六位毒蘋果的成員。

「你們怎麼進來這裡的？」艾利西愣愣地問，他無法理解這麼多人是如何偷渡進黑皇后領地的。

「他們有白皇后啊。」夜夜笙歌晃了晃他的煙管，幽幽地說：「白皇后是白陣營最強的棋子，能坐上這個位子絕非省油的燈。」

說完，他微微轉過頭，語帶笑意：「我說的沒錯吧？毒蘋果女神。」

莉莉西亞緩緩走來，她手持法杖，肩上停著一隻小白鴿，靜默不語。她的目光幽黯，嘴角微微下垂，近乎面無表情，讓人猜不透她此刻的想法。

「莉莉，不要跟那隻毛蟲廢話了，直接殺了了事。」蘭斯洛特瞪著夜夜笙歌，舉起了他的劍。

雖然艾利西難以與莉莉西亞為敵，但面對蘭斯洛特便無所顧忌了，因此他很快嗆回去：「你連和我都要纏鬥一番才能分出勝負了，夜夜你贏得了？」

「你——」

「動手。」莉莉西亞低低說了聲，蘭斯洛特立即朝夜夜笙歌殺去，其他人慢了幾拍，但也很快地展開攻勢。

夜夜笙歌早有心理準備，他吐了一口輕煙，淡藍色煙霧擴散開來，飄向周遭的敵人，一層薄薄的冰霜附著在他們身上，限制了他們的動作，夜夜笙歌趁機又拉了艾利西就走。

莉莉西亞也不慌張，她舉起法杖，在一名毒蘋果帽匠身上施加buff。「風兒喧囂，對他們用麻痺彈。」

名爲風兒喧囂的帽匠馬上衝了出去，朝他們瘋狂掃射，見狀，艾利西無法再袖手旁觀了。他朝地面拋了大量香蕉皮阻礙對方的行動，再灑出一波花瓣遮蔽視線，與此同時，夜夜笙歌在一旁笑著說：「看到沒？艾利西，能當上皇后的絕不是簡單角色。」

「姊！有、有話好說，犯不著這樣！」艾利西沒想到有朝一日莉莉西亞會對他出手。雖然先前在白國王領地時，他就覺得姊姊身上有種異樣的違和感，這也是促使他逃走的原因之一。如今這份違和感鮮明無比，使他沒辦法繼續猶豫，只能先逃再說。

莉莉西亞跳上鴿子坐騎，從後面緊追而上，她伸手拉了風兒喧囂一把，讓他坐在自己身後。

「我弟弟逃跑技術很好，但他不會丟下毛蟲不管。」莉莉西亞回頭握住帽匠的手，笑容溫婉，不疾不徐地說。「風兒，拜託你盡量拖慢他們的速度。」

「好的，女神！」風兒喧囂對於能坐在女神後方感到十分榮幸，他鬥志高昂地舉槍瞄準艾利西與夜夜笙歌，頓時槍聲連響。

「他們都是輔助職業，缺一個打手爲他們擊退敵人，擋不住我們的。」莉莉西亞舉杖，爲自家另外兩位成員附加了跑速buff，語氣溫柔得就好像在噓寒問暖。「攔下他們，拖到蘭斯面前。」

白兔與柴郡貓在跑速加持下追上艾利西兩人，而夜夜笙歌不慌不忙地輕吐水煙，淡綠色的麻痺之霧撲向敵方。由於花園裡的小徑相當狹窄，無處可躲的白兔與柴郡貓都被命中，頓時舉步維艱，只能咬牙切齒地瞪著夜夜笙歌。

同一時間，艾利西舉起一顆石頭，以迅雷不及掩耳之勢用力丟向莉莉西亞身後的帽匠，石頭像子彈般狠狠擊中風兒喧囂的額頭，把他從鴿子上打了下來。

風兒喧囂慘叫著落到草地上，狼狽地滾了幾圈，還正好中了麻痺之霧。

見三名隊友瞬間被放倒，莉莉西亞的目光轉爲黯淡。她高舉法杖，數道光箭霎時從天而降，落點卻是分散的。正當艾利西疑惑著莉莉西亞往哪射時，剛要經過轉角的他就差點與光箭撞個正著。

莉莉西亞好似一名指揮家，法杖在她手上劃出一道又一道優美的弧度，天空有如降雨般再度落下好幾道光箭。毒蘋果女神輕抿雙唇，微微垂眸，棕色長髮飛揚，點點白光在她身周環繞，乍看之下彷彿天使下凡，艾利西不禁看呆了。

「那些說我姊是花瓶的人有什麼毛病？她分明超強的啊！」艾利西邊逃邊讚歎。那些光箭沒有一發打在他們身上，卻很礙事地不斷擋在他們要經過的地方，讓艾利西與夜夜笙歌不得不多費些工夫繞開。

「我就說吧？能當上皇后的絕不是什麼簡單角色。」夜夜笙歌附和。「她鬧出這麼大的動靜，肯定會引來其他玩家注意，如此大膽的行事風格，只能說你們不愧是姊弟啊，到敵人領地都沒在怕的。」

莉莉西亞飛到蘭斯洛特身旁，對他流露笑容，伸出白皙纖細的手將他拉上鴿子。在蘭斯洛特坐穩身子後，莉莉西亞依舊沒放開他的手，那雙水潤的眸子凝視著他的臉龐，神情專注而溫柔，像是看著珍愛之人。

每當對上這個眼神，蘭斯洛特總是忍不住沉淪其中，這是他永遠也戒不掉的毒。

「蘭斯洛特，我最信任的騎士。」莉莉西亞的聲音猶如在對愛人呢喃，甜美無比。「我身爲姊姊，有必要把叛逆的弟弟帶回家。這件事我只能拜託你了，幫我把曦曦帶回來好嗎？」

蘭斯洛特沉默地盯著她，最後緩緩點頭。

莉莉西亞頓時笑靨如花，以法杖輕點蘭斯洛特的肩頭，如同在冊封爵位一般，一道道帶有附加效果的白光落在蘭斯洛特身上。

白鴿振翅加速，不多時便衝到艾利西與夜夜笙歌前方，一名紅色騎士從天而降，擋在兩人身前。

「你怎麼還來？到底要擋路多少次啊？」見蘭斯洛特陰魂不散，艾利西有些不滿，舉起龍蝦洩憤似的丟了過去。

「莉莉在哪，我就在哪！」蘭斯洛特揮劍氣勢洶洶砍向艾利西，這次艾利西不再輕率對待，在凶猛的劍氣抵達前就反射性趴下避開。

「夜夜小心，這傢伙眞的很強！」艾利西趴到地上後，才想起夜夜笙歌也在旁邊，連忙提醒。

「蘭斯洛特！」莉莉西亞的聲音提高了幾分。「先對付夜夜笙歌！」

聽見這嚴肅的語氣，毒蘋果女神忠心的騎士立即停下腳步，尋找起夜夜笙歌的蹤影。

「對付夜夜做什麼呢？」艾利西纏了上去，全力發揮他的拉仇恨技能。「給我逃跑的時間嗎？那就請吧，在你對付夜夜時，我早就跑得老遠啦。」

此話一出，蘭斯洛特又不禁瞪向他，朝他揮去一劍。

「蘭斯洛特，你再不聽話我就要生氣了！」

「蘭斯洛特，你爲我姊做得再多也沒辦法跟她在一起的啦，還不如打我來得實際點。」

姊弟倆都使出了看家本領，說什麼也要將蘭斯洛特拉向自己，搞得蘭斯洛特都開始混亂了，夜夜笙歌則在旁邊悠哉看戲。

莉莉西亞高舉法杖，一層淡淡的白光降臨在蘭斯洛特身上，毒蘋果女神的神色已經不像之前那般溫和，明顯開始焦慮起來。此時夜夜笙歌吐了一口灰煙，濃煙頓時瀰漫整條走道，遮蔽了眾人的視線。

然而這一次，再沒有劍氣來驅散這陣煙霧。

當煙霧散開時，夜夜笙歌站在了蘭斯洛特原本所在的位置，至於紅心騎士本人則面帶痛苦趴在他的腳下。

「別補了，這傢伙畢竟是法術防禦低落的騎士，又同時中了好幾個負面狀態，血量早就被我磨得差不多了，妳補再多血也救不了他。」夜夜笙歌一腳踩在中了麻痺效果的蘭斯洛特背上，笑容滿面地相勸。

「你！」蘭斯洛特憤怒地咆哮，無奈他的等級不比夜夜高，這麻痺效果可說是完全制住了他。

一般都說紅心騎士的剋星是紅心女王，其實說穿了就是由於對法術沒轍，因此同樣屬於法師職業的夜夜笙歌也能壓制蘭斯洛特。看準這點，他一開始就吩咐艾利西使勁拉住蘭斯洛特的仇恨，即使他的攻擊力不如紅心女王，憑藉各種負面狀態還是可以磨死這名騎士。

「趁其他毒蘋果追兵還沒來之前把他送回重生點，他要是在這掛了，就只能在黑皇后領地的重生點復活，多精彩啊。你說是吧，艾利西？」夜夜笙歌笑著問蹲在一旁觀察紅心騎士的艾利西。

「你們這兩個喪盡天良的人渣！」蘭斯洛特咒罵，但艾利西只覺得耳朵癢。他一邊心想明天要怎麼跟帽犯成性吹噓這件事，一邊站起身看向莉莉西亞。

說實話，他不知道此刻該如何面對自己的姊姊。來到棋盤城後，他才發覺自己好像從未了解過莉莉西亞。

他所知道的莉莉西亞一直都只是其中一面而已。

莉莉西亞也沉默地望著他，似乎有些失神。

「你爲什麼就是不肯過來……」她的聲音帶著幾分哀怨，甚至可說是悲憤，艾利西從未聽過莉莉西亞用這種語氣對他說話。「明明你才是這個世界裡最不可能與我爲敵的人，爲什麼——」

「莉莉！快逃！」蘭斯洛特的呼喊打斷了莉莉西亞的話，毒蘋果皇后低頭一瞧，只見她最忠心的騎士正吃力地指著某個方向，整張臉扭曲在一起。

在那個地方，佇立著一位手持紅鶴的黑衣少女。

伊絲莉緊盯著莉莉西亞，惱怒的表情就像在無聲地控訴爲何她會出現在這。然而莉莉西亞只瞄了伊絲莉一眼，目光又落回艾利西身上。

「艾利西，你爲何要爲那個女孩子做到這種地步？如果黑陣營的首領是黑桃二先生就算了，可是她……」莉莉西亞沒有把話說完，不過言下之意十分清楚。

跟她這個姊姊比起來，艾利西沒道理選擇伊絲莉。

伊絲莉最討厭別人看扁她，縱使莉莉西亞一副委屈的樣子，彷彿無意冒犯，但就是這副模樣讓伊絲莉更加火大。

「妳什麼意思啊！」伊絲莉衝過來，無視蘭斯洛特的慘叫一腳踩上他的背飛躍而起，高舉紅鶴揮向莉莉西亞，然而莉莉西亞立刻騎著鴿子飛得更高。

伊絲莉反射性朝能讓她獲得遠攻能力的艾利西看去，接著才想到這是變相要艾利西攻擊他姊姊，艾利西可能不會願意。

在艾利西被迫抉擇前，蘭斯洛特率先出聲：「莉莉，妳別管我了，快逃！我們公會的其他廢物都不是她的對手，妳會被殺的！」

面對這個情況，夜夜笙歌不禁嘆息。「我就知道伊絲莉會一個人來，還好我有通知其他人。艾利西，我大概能明白你放不下她的原因了。」

跟莉莉西亞這種老江湖相比，伊絲莉唯一的優勢大概就只有戰鬥能力很強。

遠處傳來一聲聲呼喊，幾名乘著坐騎的黑陣營精銳玩家正朝這裡衝來。莉莉西亞望向遠方，再看看艾利西，最後才將目光落到了蘭斯洛特身上。

「蘭斯——」

「快走！」因時間過去而解除了幾個負面狀態的蘭斯洛特靠著毅力重新站起身，顫巍巍地舉劍並對她大吼。「再不走就來不及了，現在靠那群廢物還有機會殺出血路逃離！」

彷彿是在呼應他的話，當他說完後，其他毒蘋果的成員這才終於跑過來，個個模樣狼狽，好幾人都中了負面狀態。剛剛艾利西跟夜夜笙歌聯手對付蘭斯洛特時，並未忽略這些人，隨手設下了幾個陷阱，不過由於只需要拖住這些人的腳步，所以他們沒有趕盡殺絕。

一見到伊絲莉，方才還氣焰囂張的毒蘋果成員們都露出警戒或是驚恐的表情，事已至此，莉莉西亞也無法再待下去了。她注視著艾利西，近乎面無表情。「果然你也一樣，是個虛僞的人。我曾經以爲你不是，但顯然我看錯你了。」

「姊……」

艾利西低低呼喚一聲，這句話重重砸在他心上，可在他邁出腳步前，夜夜笙歌拉住了他。

「冷靜下來，艾利西。」夜夜笙歌沉聲說：「真正在乎你的人不會說這種話。」

艾利西愣愣瞧著他，而莉莉西亞已經下令讓在場的毒蘋果成員全數撤退，伊絲莉正要衝過去把那些人統統解決，剛解除麻痺狀態的蘭斯洛特卻硬是攔在她身前。

「你這傢伙有事嗎！」伊絲莉怒氣沖沖地喝斥。

蘭斯洛特說什麼也不肯讓她追上去，以肉身與盾接下了所有攻擊。伊絲莉不是沒辦法打敗他，但擊倒一個坦需要花費時間，在這段期間，莉莉西亞早已率領著眾人揚長而去。

「混蛋！擋什麼路！你這傢伙憑什麼擋路啊，氣死我了！」伊絲莉舉起紅鶴，打算把紅心騎士打回重生點，不過夜夜笙歌及時抓住她的手。

「好了，留他一口氣，否則他噴回重生點的話又得再打一次。先把他關起來，派人監視著，別讓他逃掉就好。」夜夜笙歌回頭看向艾利西，笑笑地說：「你看這樣如何，艾利西？」

「可以啊。」艾利西隨口回應，根本沒將心思放在蘭斯洛特身上。縱使蘭斯洛特視他為眼中釘，處處針對他，然而他從沒把這人當一回事。

「艾利西，夜夜說的對，你別去白陣營了。」伊絲莉拉住艾利西的袖子，氣呼呼地仰頭對他說。「我們會尊重你的選擇，莉莉西亞卻不會，你別看她說得可憐，這根本是變相威脅你。」

「威脅我？」艾利西陷入困惑。對於威脅，他並不陌生，但通常他總是左耳進右耳出，連帽犯成性都不怕了，更不會在乎蘭斯洛特的找碴。

可是他從沒想過，身爲姊姊且向來溫柔的莉莉西亞會威脅他。

從遊戲中登出後，江牧曦拿過手機，本想傳訊息向姊姊解釋些什麼，卻想到下線前，夜夜笙歌要他暫且別再和莉莉西亞接觸。

「就算她主動來找你也不能回應，直到你自己能靜下心來看待這些事後，才能與她聯繫。艾利西，只有這時候的你才知道自己到底想要什麼。」

江牧曦有些苦惱，他認爲自己下線之前就已經足夠冷靜了，不再像莉莉西亞在場時那樣輕易受到動搖，可是夜夜笙歌跟伊絲莉都要他先別去面對。

好在今晚他跟帽犯成性約好了一起吃飯，他決定到時一定要問問自家大神的意見。自從他們初次在現實中見面後，已經過了一段時日，艾利西認爲如今帽犯成性相當清楚他是個怎樣的人，因此莫名地相信對方同樣會了解他的內心狀態。

就如夜夜笙歌推測出他是單親家庭，他猜想帽犯成性應該也早已從平日的交談中發現這點，只是沒有求證而已。他們彼此都隱約察覺了對方不爲人知的一面，但誰也沒有主動提及。

也許是擔心揭開瘡疤會傷害對方，也許是安於目前剛好的距離，無論如何，至少他可以確定自己很喜歡這種相處模式。

「討厭，居然下雨了……」一個近在身邊的聲音打斷了江牧曦的思緒，他目光一轉，落到了對方身上。

說話的人是和他同社團的學妹，此時社團練習剛結束，大夥兒一哄而散，沒想到一出教室便看見傾盆大雨。

「學妹，妳沒帶傘嗎？」江牧曦問，而學妹露出懊惱的表情點了點頭。

「那我的傘借妳。」他記得學妹就住在學校附近，平時都是徒步回家，於是爽快地把手上正要撐開的傘遞給學妹。

學妹錯愕地看著他，連忙說道：「不行不行，這樣曦曦學長怎麼辦？」

「我的機車上有雨衣，別擔心，我把機車停在附近，一下就到了！」江牧曦邊說邊把雨傘塞進學妹手裡。

「這怎麼行！學長，還是你——可以跟我……」

瞧對方越講臉越紅，江牧曦猜測學妹大概是想讓他撐傘送她回家。這確實也是個辦法，他並不介意，不過今天不行。

「我還有約，得先走啦。傘妳之後再還我就行了！」不等學妹回答，江牧曦急匆匆地揮了揮手，笑容滿面地跑進雨中。

對江牧曦來說，跟男神約會可是一刻也耽擱不得，他知道帽犯成性向來守時，也討厭別人遲到。不管約在哪，帽犯成性必定會在約定時間之前抵達，江牧曦很喜歡這一點，這樣他們偶爾能多出幾分鐘的時間相處。

然而，當江牧曦排除萬難準時出現在約定地點時，卻被帽犯成性怒視了。

「沒有雨衣就不要給我騎車過來。」帽犯成性已經不曉得該怎麼說這個人了。

他下班時才發現外面正在下雨，本來還在考慮要不要取消約會，一傳訊息，江牧曦卻回覆表示自己已經快到目的地了，於是他只得赴約。結果一來就見江牧曦頭髮微溼，衣服上也都是水印，雖不至於溼得徹底也堪稱狼狽。

「我有穿啊，騎車時沒淋溼的！」江牧曦連忙辯解。

「那你爲何還是溼的？」

「因爲我騎車之前就先淋溼了！」

「……」

感覺到帽犯成性明顯想揍人，江牧曦急忙補充：「我有帶傘，只是借學妹了，總不能讓人家淋雨回家吧？我也來不及送她回家，因爲我想早點見到你啊！」

帽犯成性的拳頭鬆開了一瞬，但想了一下，他又想打人了。「你可以叫她送你到停機車的地方，這樣你們兩個都不會淋溼，也不會耽誤太多時間。」

江牧曦恍然大悟。「對耶，我都沒想到，你太聰明了！」

「……」

見帽犯成性的拳頭似乎就要朝自己招呼過來，江牧曦趕緊裝乖。「下次我會記得這麼做的！」

「或者下次叫我去接你，這才是最簡單的解決辦法。」

「不行不行！」聞言，江牧曦露出驚恐的表情。「讓男神親自接送怎麼行！大神這麼高嶺之花，應該要由我來才對啊——」

「你說誰高嶺之花？還有你剛剛叫我什麼？」

聽出帽犯成性語氣中潛藏的怒意，江牧曦迅速改口：「我是說子逸，范子逸。」

在江牧曦低低喊出本名後，他家大神這才稍稍冷靜些。

他當初一直很想知道帽犯成性的本名，求了很久才終於如願。哪知在那之後，對方便要求他在現實世界見面時，都必須喊本名。

「現實中的我既不是大神也不是帽匠，不要用那些稱呼叫我。」

當時范子逸是這麼跟他說的，但江牧曦還是覺得有點不公平。

因爲在遊戲中，他就算叫出本名，范子逸也不會生氣，可在現實世界裡用了帽犯這個稱呼的話，范子逸卻會不高興。不過這位男神規矩多也不是一天兩天的事了，江牧曦早已習慣。

「子逸，你別生氣了，反正事情都發生了，我們還是先去吃飯吧？」安撫無效，江牧曦改用其他方法試圖轉移話題。

「我不跟一個溼掉的人吃飯。」

「嗚嗚……怎麼這樣，我都來了……」

江牧曦低頭看看自己，整理了下衣服，他認爲可能是因爲自己的樣子太過狼狽了。畢竟范子逸的外表就和個性一樣一絲不苟、完美無瑕，相較之下自己就像不知打哪來的流浪狗。

然而一隻溫暖的手突然抓住他，將他那隻冷到彷彿剛從冰庫拿出來的手牢牢握住，不由分說地把他拉走。

江牧曦茫然地跟著這隻手的主人，來到一輛轎車旁。

對方打開車門，動作稍嫌粗魯地把他塞進副駕駛座，自己則坐到另一邊。

「咦？」江牧曦仍在狀況外，他自動自發地繫上安全帶，疑惑地看向范子逸。「我們要去哪？」

連去哪都不知道就坐上網友的車，江牧曦認爲這肯定又能成爲新聞標題。他一邊心想等等要如何用這個梗調戲范子逸，一邊等對方回答。

范子逸瞄了他一眼，直到催了油門把車開上路後，才不疾不徐地說：「你想跟我吃飯。」

江牧曦點頭如搗蒜。

「而我不想再看到你這副樣子。」

「嗚嗚……」

「所以，現在只剩一個解決辦法。」

「什麼辦法？」

「跟我回家吃飯。」

「哦哦，這確實是個好辦法……咦？」意識到范子逸說了什麼，江牧曦露出震驚的表情。「咦咦？等等，所以現在是要回你家的意思嗎？你要帶我回家？你要把網友帶回家？」

「有意見？」

「網路上都說，把網友帶回家是引狼入室，千萬不能做，這是常識啊！子逸，沒想到你是這麼叛逆的人，連帶網友回家這種事都做得出來。」

聽江牧曦又開始胡說八道，范子逸透過後照鏡看了他一眼，不鹹不淡地回應：「你太看得起自己了，我看引狗入室還差不多。」

聞言，江牧曦開心地笑了出來，絲毫不在意自己被形容成狗。

「我才剛說不能讓男神特地載我，你就這麼做了，這讓我該如何是好？」

「你可以當成是我綁架你。」范子逸深知江牧曦的個性，既然這隻笨狗愛玩綁架梗他就奉陪，順便導正一下這種莫名其妙的想法。

「哈哈哈哈眞的耶，你剛剛什麼都不講就強行把我帶上車，果然現實中的子逸也是流氓哈哈哈……」

江牧曦顯然十分中意這個設定，直到下車時仍不放棄調侃。

「綁架犯先生，你現在要把我帶去哪？這裡離我家不算遠，以後我又想被綁架時可以來找你嗎？」

他被范子逸拉著離開地下停車場，搭上電梯，最後來到一扇門前，帶著興奮與緊張的心情踏進了偶像的居所。

江牧曦曾去過很多同學或朋友的家，但沒有一個人的家像范子逸家這般乾淨整潔。這個家稱不上豪華，不過空間也不小，放眼望去只有基本的家具擺設與生活必需品，猶如樣品屋似的，幾乎沒什麼能看出個人興趣喜好的東西——除了床頭櫃旁的VR頭盔。

缺乏生活感的居所令江牧曦感到很是親切，果然怎樣的人就有怎樣的房間，像他的房間就亂七八糟的，堆滿了雜物。

范子逸隨手拿了幾件衣物塞到江牧曦手裡，把他推進浴室。

「先給我去洗澡，別再讓我看見你這副要乾不乾的樣子。」說完，他一把關上門，留下江牧曦在浴室裡發愣。

事實上，先前抵達和范子逸約定的地點後，江牧曦便一直覺得渾身發冷，即使後來在范子逸的車上，對方特地開了暖氣，微溼的衣服黏在身上依然讓他不太舒服。如今全身衣物盡數褪去，熱水澆下，他總算感覺自己好多了。

而此時他才後知後覺地想到——范子逸該不會就是怕他著涼，才把他帶回家的？不是因爲嫌棄他的模樣狼狽？

他想向范子逸求證，可他知道范子逸不會告訴他的。然而這並不妨礙江牧曦對自家男神的好感度再次竄升。

江牧曦穿上衣服，乖乖地在浴室裡吹乾了頭髮才出來，剛好對上范子逸的目光。

范子逸看他的眼神有些奇怪，彷彿在隱忍著什麼，於是江牧曦不禁笑出聲想開口，但范子逸似乎下定了決心，率先大步朝他走來，手伸向他鎖骨下方的衣領鈕釦，輕輕解開。

江牧曦愣了愣，卻沒有出聲詢問，也沒有阻止范子逸，只是眼睜睜注視著那修長的手指將他的襯衫鈕釦一顆一顆解開。白皙的胸膛與腰腹在寬大的白襯衫下若隱若現，直到接近衣襬的最後一顆釦子被解開時，江牧曦才發現——他的鈕釦扣錯了。

「如果現實中也能刪帳號，我建議你直接砍掉重練。」范子逸的表情終於舒坦了，說出的話卻像是已經對江牧曦放棄治療。「你爲什麼連一件衣服也能穿成這樣？」

江牧曦呆呆看著他，接著噗哧一聲。難怪范子逸會露出那種表情，原來是向來有完美主義的大神強迫症發作了，忍不住自己動手修正這個錯誤。

「哈哈哈哈，你不要脫完了才講好不好？」他捧腹笑到差點倒在范子逸身上。「你就是這樣，老是最後才說清楚自己的用意，大家才會怕你。如果你坦率一點釋出善意，早就是全遊戲最紅的大神了！」

「我不是對誰都會釋出善意。」

「一樣啦哈哈哈哈，你知道我剛剛完全在狀況外嗎？還想說你要幹麼，結果居然是想幫我重新穿好衣服，哈哈哈……」

江牧曦笑得實在太誇張，讓范子逸氣得又想掐死眼前人，偏偏江牧曦現在毫無防備，害他反而不知該從哪裡下手。就在范子逸想找個能掐的地方時，一個意料之外的發現令他立刻將這個想法拋到了九霄雲外。

他把手放到江牧曦的腰側，帶著薄繭的指腹輕輕撫過，江牧曦瞬間收了笑聲，笑容凝滯在臉上。他神色僵硬地盯著范子逸，一時間反常地沉默無話。

他緩緩低下頭，目光順著范子逸的視線落向自己的腰側。

在他的腰部有道可說是怵目驚心的疤痕，傷疤很長，幾乎橫跨了整個腰際，看起來已經是陳年舊傷。

「怎麼搞的？」

「沒、沒什麼啦。」江牧曦別開眼，乾笑著解釋。「你也知道，我個性這麼白目，以前肯定少不了跟人打架的。」

「江牧曦，看我。」

「眞的是打架，沒騙你。」江牧曦乖乖聽話轉頭看范子逸，他握住那隻碰觸傷疤的手，一邊不著痕跡地移開，一邊說道。「不過是以前一時衝動，越級單挑了個BOSS留下的疤而已。」

「你這個人。」范子逸無言以對，這傢伙連在遊戲外打BOSS也沒在怕的。

也許是為了轉移話題，江牧曦很快地露出笑容。「說起來，你的衣服就沒有小一點的嗎？這件襯衫有點鬆，褲子也是，看不出來你這麼胖。」

「江牧曦，你再說一句，我就讓你見不到明天的太陽。」

「……可是質感很好，寬鬆也有寬鬆的好處，穿起來很舒服！」

「別以為這麼說我就會放過你！」

察覺到江牧曦並不想談關於傷疤的事，范子逸只好佯裝被激怒，沒有追問更多。

江牧曦鬆開眉頭，似乎鬆了口氣，見狀，范子逸略感鬱悶。但他曉得江牧曦雖然坦蕩，卻也不是什麼地方都願意讓人碰觸。

范子逸的這份體貼江牧曦確實體會到了，這正是他喜歡跟范子逸相處的原因之一。而他現在迷妹症狀有所改善，有部分也是由於他感覺這種態度不是范子逸想要的，最明顯的莫過於要求以名字稱呼這件事。范子逸從不想當什麼大神，他希望在江牧曦眼裡，他就只是帽犯成性，以及范子逸。

所以此刻，江牧曦很努力地在壓抑自己的花痴。

打從范子逸把他帶上車時，他就差點要發病了，不過仍極力裝得像個正常人，畢竟要是他表現得太心花怒放，范子逸肯定又要揪著他的衣領罵人。

他必須振作一點！儘管他正待在男神的家、穿著男神的衣服，這一切都讓他想大喊出聲，可是子逸不喜歡，要忍住！

「那、那麼，晚餐怎麼辦？」他重新把襯衫的鈕釦扣好，試圖讓自己的聲音聽起來別那麼興奮，語氣卻因此有些怪怪的。「去外面買？」

范子逸瞥了他一眼，逕自走向廚房。

「不會吧，子逸，你親自下廚？」江牧曦跟著走進去，瞧見處理到一半的食材時罕見地露出驚嚇的表情，音調也忍不住提高幾分，顯然就快要按捺不住激動，這份激動卻被范子逸誤解成江牧曦不相信他會下廚。

「你不要在我拿菜刀時惹我，我真的會殺了你！」不光是江牧曦在壓抑自己，范子逸也壓抑得很辛苦——壓抑揍人的衝動壓抑得很辛苦。

江牧曦縮到一旁，心裡感謝學妹的同時也感謝自己，果然平時多做善事還是會得到好報的。自家男神到底還有什麼不會的？他在心裡瘋狂吹捧，臉上已經控制不住地笑容滿面，眼神更是充滿光采。

范子逸被看得很不自在，他一邊切菜，一邊不耐煩地說：「看個屁，沒看過人下廚是不是？一個人住會做飯很正常好嗎？」

「我就不會啊。」

「……」

「我每天都在震驚你怎麼可以這麼好，你又帥又強又聰明還很賢慧——」

聽到這裡，范子逸差點切到自己的手。他瞪向江牧曦，正準備揍人，江牧曦又說：

「像你這樣的人，讓人很難不去喜歡。」

一時之間，廚房裡陷入靜默，江牧曦暗叫不妙。

難道他又不小心捧過頭了？可是這些都是他的眞心話啊。他知道范子逸會對他浮誇的讚美感到不自在，但很多時候，艾利西覺得自己並沒有誇大其詞，范子逸在他心中確實是這樣的人。

於是，他走到流理臺前主動洗起了菜，低聲說道：「我是說眞的，我才不管其他人怎麼想，我只相信我所看到的你。」

范子逸默默將食材下了鍋，緩緩開口：「我曾經去國外留學了好幾年。」

「嗯？」艾利西有些反應不過來。

「你知道為什麼嗎？」

艾利西下意識斂了笑容，反問：「為什麼？」

「我在高中時，把班上同學揍到住院，被退學。」

艾利西睜大雙眼。

「不僅如此，在這之前我已經轉過好幾次學，都是因為類似的事。跟周遭的人起衝突、大打出手，老師們都視我為頭痛人物。」范子逸往鍋裡放調味料，語氣平淡，冷靜得就好像在說別人的事。「最後混不下去了，我才被父母送去國外念書，直到兩年前才回來。」

「我是個有暴力傾向的人，所以你懂為何其他人這麼怕我了嗎？」說到這裡，范子逸終於轉過頭看江牧曦，目光沉著。

「他們對你做了什麼，讓你選擇動手？」江牧曦放下手上的蔬菜，捉住范子逸的手，一副有人欺負他家大神的樣子，表情帶著幾分驚慌和惱怒。

「沒什麼，就像你一樣，惹我生氣而已。」

范子逸反過來握住江牧曦的手，平靜地說：「我沒有你想的那麼好，牧曦。我沉不住氣，誰冒犯我，我就要反擊回去。」

他年少時個性孤僻，看誰都不順眼，不肯讓自己吃虧，又容易發怒，因此在求學時期吃了不少苦。隨著時間推移，這剛烈的性格才逐漸被磨平，成爲江牧曦現在所看到的樣子。

然而孤僻易怒的他依然存在，在那個幻想世界裡以帽犯成性這個身分存在。

受人畏懼已是家常便飯，被人討厭已成理所當然，畢竟他本來就是個惡劣的人。

「你或許是沉不住氣，可是你從沒對我動過粗。」

「你確定我沒有？」范子逸懷疑江牧曦該不會一時健忘，把《愛麗絲Online》中發生的種種全拋到腦後了。在那個世界裡，他可沒少修理過艾利西。

「遊戲是遊戲，現實是現實，在遊戲中誰還會顧慮不能打人？但在現實裡，你從沒傷害過我啊，連我淋溼你都會生氣！」江牧曦認真地說。「子逸，遊戲與現實不能混爲一談，要是誰在遊戲裡連隻蚊子都不忍傷害，我才覺得他有病。誰不會犯錯，誰年輕時沒衝動過？你看，我也跟人打過架呀！」

「你知道我父母爲何會離婚嗎？因爲我發現我爸外遇，大嘴巴地告訴我媽，導致他們離婚。我就是這麼白目，從小就不知道什麼話該說、什麼話不該說，到現在也仍然一樣。所以，別拿遊戲中的事來唬我，我才不會上當。為何你能三番兩次地在遊戲中傷害我，在現實裡卻不會，理由很簡單。」說著，江牧曦再度露出笑容。

「因為遊戲中的我不會痛，現實裡的我會啊。」

這一次，范子逸真的說不出話了。

「我不是盲目吹捧你。你是個怎樣的人，我始終看在眼裡，子逸。」

江牧曦感覺到那隻握著他的手力道增加了幾分，像是怕一放開他就會消失似的，將他牢牢抓在掌心。

雖然彼此都坦白了不為人知的過去，之後他們並沒有在這個話題上多打轉，只是江牧曦洗個菜手滑了好幾次，做什麼都錯誤百出，最後被趕出了廚房。

窗外雨聲不停，深沉的夜色覆蓋了整座城市，和寧靜安穩的明亮屋內形成對比。用完晚餐的江牧曦心滿意足地坐在范子逸身旁，經歷一連串受寵若驚的待遇，他感覺此刻有如泡在溫熱的糖水裡，酣然沉醉。

昨日的焦慮與懊惱暫時消散，江牧曦的身子陷在柔軟的沙發裡，手上抱著抱枕，昏昏欲睡，而范子逸則一派平靜地滑著手機。

「我聽說昨天的事了。」

「嗯？」江牧曦輕哼一聲，帶點軟軟的鼻音。

范子逸的手頓了一下，繼續說道：「莉莉西亞跑到黑皇后領地，留了個廢物下來當替死鬼，自己成功逃走的事。」

聞言，江牧曦登時清醒了幾分，看向范子逸，這才發現對方正注視著他。

他莫名地有種狼狽感，不過仔細想想，剛剛都自爆黑歷史了，現在被范子逸得知自己的難處似乎也沒什麼。

「我不曉得該怎麼選擇。」他老實承認，聲音有些乾澀。「無論是黑皇后還是白皇后，都是我想保護的人。無論是哪方我都不想讓她們受到傷害。」

他低下頭，神情茫然。

「小時候，姊姊這麼跟我說過，她說女孩子就像一朵花，嬌嫩美麗，又脆弱無比，必須悉心照料，花朵才能展現屬於自己的魅力。所以，無論遇到什麼樣的女生，我都不會忘記要小心對待她們。即使再驕傲再堅強，每個女孩子的內心都肯定有柔軟之處。」

范子逸忽然明白江牧曦那該死的異性緣從哪來的了。

「但棋盤戰爭對兩個皇后來說是殘酷的。她們是我熟識且特別珍惜的人，不管誰落敗了，都會淪落到被人踩在腳底的命運。莉莉西亞是我的親姊姊，而伊絲莉……就像我的妹妹。她很享受作爲一個大神，也習慣在遊戲中所向披靡，可是棋盤戰爭並非單純的PK，再強的棋子若走錯了一步，依然會被其他棋子吃掉，所以我擔心她……」江牧曦頓了頓，此時此刻，他第一次希望范子逸別再盯著他不放，那雙彷彿要看穿他的眼眸讓他很是不自在。

他身子一歪，整個人倒在沙發上，臉埋進抱枕裡。

「可姊姊她……」艾利西頓了好一會，才艱難地開口。「我或許從沒了解她過。我以前認識的她不是這個樣子，我也很擔心她。她昨天對我說了很多，我眞的一度想跟她走，夜夜他們卻要我再好好考慮。」由於埋在抱枕裡的關係，江牧曦的聲音悶悶的。「這時候離姊姊而去眞的是正確的嗎？她如此需要我，也不計較我當年打小報告的行爲，我還這麼對她。其實她比我早得知爸爸外遇，只是一直沒提，我當年不懂她爲何不說，直到長大後才明白，儘管眼前的幸福是假象也好，她是想要留住這個家，而我卻把這個家弄得支離破碎。」

「這不是你的錯。」

「或許吧。」艾利西顯得沒什麼精神。「可如果我當年不說，說不定到現在大家還住在一起。」

范子逸沒有接話。

隨後，江牧曦感覺有一隻手落到自己頭上，像是在安撫他一般，摸了摸他的頭。

他睜大雙眼，從沙發上彈了起來，表情就像個在聖誕夜獲得夢寐以求的禮物的孩子。他激動地想講些什麼，但一開口反而不知該講什麼了。

江牧曦向來囉嗦，總是有說不完的話，可是認識范子逸之後，他卻漸漸發現，有些話不說也無所謂。

他深吸幾口氣緩和情緒，而後面露笑容，殷殷期盼地開口：「你再摸摸我的頭好嗎？」

過去的事都過去了，再追究對錯已不具意義。

只要有一個人能包容他的過去，在他覺得痛時摸摸他的頭就好。

Chapter 6 代替愛麗絲的帽匠

「無論是黑皇后還是白皇后，都是我想保護的人。無論是哪方我都不想讓她們受到傷害。」

那一天，帽犯成性將這句話記在了心裡。那個總是自信滿滿、彷彿天底下沒什麼事難得倒他的愛麗絲，罕見地展露出脆弱的一面。

他對棋盤城戰爭沒有任何興趣，僅有那個愛麗絲能打亂他的一切行動，讓他把原則拿去餵狗吃。

如今那個愛麗絲被困在棋盤中，整座棋盤城的人都在殷殷呼喚愛麗絲加入，要愛麗絲選邊站。

在茶會森林時，他自作聰明地爲愛麗絲考慮，反而傷了對方，所以這一次他始終沒出手。因爲他在觀察，爲了做出正確決定。

如今他覺得是時候了，他大概知道自己該怎麼做了。

當帽犯成性踏入白國王的領地時，在場的玩家們震驚得心臟都快停了。正在吃東西的人嚇得手上的叉子掉到地上，正在聊天的人瞪大了眼睛，呆若木雞地看著這位大神大搖大擺地走向毒蘋果公會本部。

這是該阻止還是不阻止呢，眾人實在拿不定主意。

他們可沒忘了帽犯成性單槍匹馬殺進來又帶著一個人殺出去的壯舉，礙了他的路必死無疑，可又不能放任他直接去找他們的領主。

幾個比較膽大的玩家鼓起勇氣攔住他，詢問了來意。一聽到理由，他們全都錯愕得下巴快掉到地上，自此沒人再阻擋他的去路。

帽犯成性一腳踏進毒蘋果本部，許多人擠在大廳角落，直勾勾盯著他，神色各異地竊竊私語，大家都與他保持一段距離，沒人敢更靠近一步。

會長梅萊走至二樓看臺，居高臨下地望著帽犯成性。

「黑桃二先生，沒想到這麼快又見面了。」梅萊客氣地笑著說。

雖然上次他的領地幾乎被帽犯成性掀翻，甚至他自己都差點被殺掉，但他又能怎樣？除了領主之外，大神級玩家在遊戲裡也能夠呼風喚雨，最好的例子正是帽犯成性。即使他現在叫這裡所有人一起攻擊帽犯成性，他還是會擔心對方能殺出一條血路搶先幹掉他。

黑桃二先生效率至上，向來只挑報酬率最高的方法行事，可如今大家都知道他有個弱點，就是那個丟石愛麗絲。重視原則的他只對愛麗絲放下原則，不近人情的他只向愛麗絲展現人情。

所以，梅萊眞的不曉得帽犯成性葫蘆裡到底賣什麼藥，雖然他已經聽說了傳言，不過除非本人親口證實，否則他是不會相信的。

「我要加入白陣營。」帽犯成性的語氣平淡得有如在說要去吃晚餐，卻一開口便讓整個大廳炸開了鍋。

「開玩笑的吧，怎麼可能？」

「女神的弟弟還待在黑皇后領地不是嗎？他來投靠我們是什麼意思？」

「這肯定有鬼！」

「會長，這傢伙絕對是被派來臥底的，太明顯了，快拒絕他！」

帽犯成性對周遭的議論置若罔聞，說明起來意。

「毒蘋果女神的騎士昨天被黑皇后逮住了，目前被囚禁在黑皇后的領地。我想你們的白皇后應該很困擾，所以我來遞補這個位置。」他無視那些驚呼聲，堅定地表示：「作爲交換，放棄艾利西。我加入毒蘋果，你們就放棄艾利西，這個條件你之前提過。」

梅萊啞口無言。他確實說過這樣的話，但那時他只是一時衝動，並不認爲帽犯成性會眞的接受。

這個結果想必不是莉莉西亞所希望的，梅萊爲此感到非常困擾。他回過頭，看向從方才就靜靜站在他身後的白皇后。

「妳認爲呢，莉莉？」

莉莉西亞在眾目睽睽之下走向前，緊握著她的法杖，漠然低頭注視著帽犯成性。

「他選擇了黑皇后嗎？」

日的樣子，該不會是我姊交男友了——」

話音未落，他便瞥見討論區聳動的帖子標題，整個人愣住。

「看看你家黑桃二幹的好事！」蘭斯洛特氣到快吐血。「代替我成爲莉莉西亞的騎士是什麼意思？能擔任女神騎士的人只有我！這傢伙憑什麼取代我的位置接近莉莉，肯定有陰謀！」

艾利西充耳不聞，他一連看了好幾篇帖子，這才大概了解情況。

「帽犯他……」他呆了呆，一時間竟不知該如何反應。

思及昨夜發生的種種，他立刻理解了對方這麼做的用意。

他無法在兩位皇后之間選擇，因此帽犯成性想出了這個方法，讓他不用做選擇。

帽犯成性的意思很明確——莉莉西亞就交給他。他會一直護著她，直到艾利西來到他們面前。

「喂！我說的話你到底有沒有在聽！」

蘭斯洛特越吼越感到莫名其妙，只見艾利西將臉埋在雙手掌心，耳根還隱隱泛紅。

身爲一個大直男，蘭斯洛特首先想到的可能只有這個：「我就知道那傢伙不是什麼好東西，他肯定早就覬覦著莉莉，只是情敵太多了，才先接近你好跟莉莉接觸。現在逮到機會就一聲不吭跑去毒蘋果，陰險的男人！」

「我男神才不是那樣的人，你少亂講。」艾利西關閉討論區，站了起來，拍拍身上的灰塵。「沒時間理你了，我有正事要做！說實話，看了你昨天的犧牲奉獻，我好像沒那麼討厭你了，不過還是要提醒你一句，我姊過去交的男友都是個性溫吞的年長男性，跟你差了十萬八千里，你眞的不是她的菜，要多加把勁了哈哈。」

「你！」

不等蘭斯洛特大罵，艾利西轉身邁步而去。他私訊了伊絲莉，兩人約好在某個地方見面。

「艾利西……」一碰面便見伊絲莉神情複雜，艾利西明白她肯定已經知道帽犯成性加入毒蘋果的事。

他露出笑容，朝他的女王愛麗絲搭檔伸出手。

「我要加入黑陣營。」

伊絲莉不敢置信地呆立在原地。

「我、我以爲……那個黑桃二加入毒蘋果，所以你也……」

「怎麼可能？」艾利西輕笑出聲，頑皮地眨了眨眼。「我跟他向來非要戰個你死我活不可，才不會選同一個陣營。」

伊絲莉還想說些什麼，艾利西卻彎下身，摸了摸她的頭。

傳說中的愛麗絲大神仰頭看他，表情茫然，這模樣讓艾利西清楚地意識到，她確實只是個青澀的十七歲少女。

因天賦異稟而總是意氣風發，因特別強大而覺得自己無所不能，但偶爾仍會流露出天眞懵懂的一面，就如同帽犯成性在這個幻想世界裡解放了一部分的自己，伊絲莉所展立難安，隨即站了起來，來回踱步。

他當初還理所當然地把那些給帽犯成性的禮物統統收下，沒想到眞相竟是如此。得知這件事後，有部分疑惑似乎也獲得了解答。說實話，這次帽犯成性沒發表任何意見，其實反而令艾利西有些困惑。若是以前的帽犯成性，多半會直接說出自己的看法，並告訴他應該加入哪個陣營。

但這一次，帽犯成性全然放任他，就連自己被一堆公會騷擾的事都沒讓他知道。棋盤城的人不僅逼迫艾利西做選擇，也同樣在呼喚帽犯成性加入戰爭，不過帽犯成性依舊只是默默守在艾利西身旁觀察。他明白艾利西在兩位皇后之間左右爲難，而這回他沒有輕易出手爲艾利西解決問題。

加入毒蘋果肯定是帽犯成性深思熟慮後的決定。那雙執著的眼眸終於捕捉到他藏在內心深處的想法，選擇了最適合他的方式，替他避開了麻煩。

雖然自家男神不管做什麼都能使他產生好感，可是執著於他的帽犯成性令艾利西一點也招架不住。直到此時，他才明白夜夜笙歌說過的「眞正在乎你的人才不會說這種話」是什麼意思。

由於在乎他，所以重視他的感受、尊重他的意願。

帽犯成性的心意與莉莉西亞形成了鮮明對比，這一刻，他總算看清了姊姊。那些甜言蜜語看似是爲他好，其實全是爲了她自己。

莉莉西亞愛的從來不是別人，而是她自己。

跌入兔子洞的愛麗絲終於從夢中醒來，回到了現實。

現實的滋味自然不如夢境那般甜美，然而他不會害怕，也不會再迷惘。因爲無論發生什麼事，那個人都會猶如一盞明燈照亮他的路，引領他前行。

「艾利西，要走了喔——」伊絲莉忽然跳上屋頂，輕盈地落在艾利西身旁，沉浸於思緒中的艾利西嚇了一跳，差點摔下去。

伊絲莉呆愣了下，疑惑地開口：「你怎麼了？臉還有點紅，感冒了嗎？」

「沒沒沒！我好得很！」艾利西連忙站起來。「要去打白主教的領地了對吧？走吧走吧！」

艾利西過於積極的態度讓伊絲莉很快轉移了注意力，畢竟現在確實是進攻領地要緊。

「據說紅心商會的會長今晚將前往棋盤商會總部，似乎準備協商什麼要事。同爲商會會長，嵐月肯定會親自迎接，雖然有其他人在場將增加不確定因素，但是嵐月把自己藏得太好了，錯過這次機會恐怕很難再逮到他。」

隨著領主人數逐漸減少，倖存的領主必須待在自己領地中的時間也跟著拉長，這同樣是遊戲規則之一，否則要是領主們玩起捉迷藏就沒完沒了了。剩餘的領主人數越少，系統所設下的限制便越嚴苛，因此必須把握每一次行動的機會。

艾利西等人此次決定攻略白主教還有另一個原因，只要拿下白主教，棋盤城的領主便只剩下五名。當領主只剩五位時，系統將會在地圖上標示出各個領主的所在位置，任何玩家皆可以藉此鎖定。

不用說，眼下仍存活的其他領主自然包含雙方陣營的國王與皇后。皇后是行動力最強的棋子，黑皇后是所向披靡的大神，白皇后則是有所向披靡的大神保護，無論要拿下誰都有難度。而國王的話，他們目前是殺不死的。

只有當國王以外的領主死絕，他們才能被殺死，在此之前，不管誰攻擊他們都是強制鎖血狀態。

所以，艾利西他們別無選擇。

白主教嵐月自從艾利西正式加入黑陣營後，便不再於公眾場合出現，始終龜縮在自己的領地。偏偏他又把自己的領地搞得神祕兮兮，非白天時間走到哪都漆黑一片，要抓住他實在有難度，好不容易得到他會現身的消息，自然不能錯過機會。

對於如何攻略這名BOSS，夜夜笙歌先前出了主意。

「嵐月是個謹慎的男人，他對棋盤城戰爭沒有興趣，只關心能不能鞏固好自己的領主身分，所以若高調闖入他的領地，他絕對會在第一時間選擇逃亡，而這傢伙是棋盤市集之主，在城中人脈很廣，要找到藏身處肯定不難。所以別打草驚蛇，想拿下他就用暗殺的方式，在一瞬間把他幹掉。」

於是，艾利西一行人挑在夜色深沉的時候，潛入了白主教領地。這一次他們並未混在人群中，而是悄聲走在建築的屋頂上，一步步朝嵐月的所在處前進。

參與刺殺行動的只有艾利西、伊絲莉與夜夜笙歌，雖然論暗殺他們比不上這方面的個中好手柴郡貓，不過他們有強力的打手伊絲莉。夜夜笙歌善於控場，艾利西則能負責支援火力，只要兩人聯手將伊絲莉帶到嵐月面前，一樣可以把白主教除掉。

「說起來，芋叔鼠好像挺常去找嵐月的？我還以為他們合不來？」艾利西一個跳躍，輕盈地落在前方屋頂，無聲無息。

「應該是不太好，不過他們在很多事務上有合作。棋盤城與紅心城附近的怪與產出的材料不盡相同，他們作為商會會長，自然會彼此交流貨物。」夜夜笙歌回應。「他們私底下也老在較勁誰的市集生意好，所以在這裡看到紅心商會的人不必驚訝，他們就是這種相愛相殺的關係。」

此刻，他們來到一座豪宅的屋頂上。縱使整個領地一片漆黑，棋盤商會本部卻燈火通明、金碧輝煌，簡直就像在昭告全天下棋盤商會的大本營在這裡，跟毒蘋果一樣相當高調。

艾利西探出身子往下面打量了一會。「我去裡頭看看，你們留在這。」

「沒問題嗎？屋裡可能有不少僱傭來的高手玩家，我一起去吧。」伊絲莉提議，艾利西卻回絕了。

「不行不行，妳留在這。」他一說完，便看見伊絲莉露出不滿的表情，似乎覺得被小看了。

艾利西知道她肯定會有意見，但都到了這個關頭，不謹慎些不行。要是他幸運地撞見嵐月，又幸運地不小心打死對方，到時候全世界就會馬上知道黑皇后的所在位置，如果她正好處在難以脫身的地方就完蛋了。此刻她待在這，身旁還有夜夜笙歌照看，相對安全許多，可惜他不能直接說出自己的考量，所以只得另找藉口：「這種小事我一個人還辦不成嗎？我去就行了，你們在這等著吧。」

說完，他看了夜夜笙歌一眼，夜夜笙歌對他點點頭，他這才安心地撐開紅鶴翅膀，化爲小愛麗絲向下墜去。

小小的愛麗絲飛進豪宅大廳，輕盈地落到華美的吊燈上。艾利西攀著吊燈，遙望下方來來往往的玩家們，開啟了辨識技能，只見大部分的人都是棋盤商會的，不過也有不少是來自紅心商會。

「你們棋盤城的生活品質眞差，處處草木皆兵，學學我們好嗎？沒事搞什麼對立，弄得連上個街都要提心吊膽。」一名紅心商會的玩家對棋盤商會的玩家抱怨。

「啥？干我們屁事，你以爲我們想玩？我們這些普通玩家對棋盤戰爭根本沒興趣，偏偏雙方陣營的首領硬是在那邊鬧。白國王只會放任他的女人亂來，黑國王又是個憤青，早就不爽白陣營很久了。」

「沒錯，兩邊的國王都是廢物，毒蘋果會長從以前就老是被女人牽著鼻子走，想想他的前女友多囂張跋扈啊，來市集總要大聲嚷嚷自己是誰誰的女人，強迫大家給她打折。笑話，誰都曉得她男人是個虛有其表的花瓶，能混到白國王這地位也只是因爲在遊戲中撒了很多錢。而黑國王整天說要發動棋盤戰爭，但哪次成功過？要不是有黑皇后幫忙，他啥也不是。」

對於這個話題，艾利西稍微留意了下。他一直對國王與皇后之間的關係感到好奇，白國王說穿了就是工具人，爲了討白皇后歡心無所不用其極，至於黑國王與黑皇后，艾利西只知道是合作夥伴。

當初是因爲有人在伊絲莉的領地鬧事，黑國王才向她發出邀請，不過艾利西總覺得哪裡怪怪的。自從正式參與戰爭以來，他還沒看過黑國王，這位黑國王的行動力完全不如黑皇后，目前貢獻甚少。

他落在地面上，變出一朵紅玫瑰像撐傘般遮住自己，隨著眾人的腳步在走廊上鬼鬼崇崇地移動。四周熙來攘往，沒人注意到有朵落在地上的玫瑰正悄悄前挪。

前方有扇開啟的大門，艾利西貼在門邊，神不知鬼不覺地鑽入，一進去便藏到一個花瓶後方，接著遠遠聽見棋盤商會會長嵐月的聲音。

「你也眞會挑時間，明知我現在處境岌岌可危，還硬是過來談這筆生意。」

「別這麼說，我來這裡一方面是談生意，一方面也是關心你啊，看你最近過得好不好。」

寬敞的房間裡，兩個男人面對面坐在沙發上，其中一人態度放鬆地靠著椅背，優雅地喝著茶，另一人則顯得神經兮兮，目光時不時掃向四周，坐姿端正，腿上擱著夜明珠長杖。

「關心我？還眞是謝謝你啊，我好感動。」嵐月毫不保留地表達出諷刺。

在兩人的唇槍舌戰中，艾利西向夜夜笙歌他們回報了自己所在的座標，然後觀察起在場的玩家來。他的辨識技能已近滿等，一眼就能看出哪些玩家不是花瓶。

「看來這人眞的很怕死，居然帶了五個護衛。」艾利西不禁感嘆，五名護衛分散在不同角落，有的就站在嵐月身後，有的則靠在窗邊，這下連溜進來都有困難。

艾利西思索了一會，最後傳了訊息要夜夜笙歌在屋頂上待命，伊絲莉則先變小偷偷進來。

在這場行動裡，他跟夜夜笙歌的配合非常重要，一定得有人活到最後帶伊絲莉逃出去。他向來行事莽撞，但如今他是黑皇后的騎士，爲了黑皇后，他必須步步爲營。

「艾利西。」伊絲莉從窗戶的縫隙潛入，撐著紅鶴滑翔到他旁邊，與他一同盯著下方的嵐月。「動手吧，這人防禦力不高，一波把他帶走。」

艾利西點點頭，他掃視一圈，神色微斂，整個人進入備戰狀態。

那個人可是一直待在白皇后身邊，等著他前去。爲了早日再次與那人並肩，他絕不能輸。

「嵐月！」

一聲呼喝打斷了嵐月的思緒，下一秒，他的視線被炙熱的火光占據，同時發覺自己的血量飛快下滑。

嵐月的臉色慘白得嚇人，他舉起長杖，從火焰中急奔而出並發動技能，霎時整個房間內掀起一陣狂風，華麗精緻的器皿一個個被掃落在地碎成千萬片，原先準備簽署的交易文件也四下飛散。

「靠靠靠真的來了！我就說遇到你準沒好事，他媽的瘟神！」嵐月連忙躲到芋叔鼠背後拿他當擋箭牌，嚇得形象都顧不得了。

黑皇后屹立在狂風中，目光如炬注視著嵐月，一旁的艾利西則面帶自信的笑，一手拿著龍蝦，雙眼緊盯四周。

這兩人可是連茶會森林最出名的柴郡貓二人組都能打爆的女王愛麗絲，嵐月怎能不怕？

當艾利西與伊絲莉現身時，五名護衛立刻發動攻擊，不過早有心理準備的艾利西拋了顆水球，又向伊絲莉丟去一條電鰻，伊絲莉看也不看便把電鰻擊向水球，被帶電水花濺到的幾個護衛瞬間動彈不得，幸運躲開的其餘護衛們則與艾利西交戰起來。

這位黑皇后騎士雖不如白皇后騎士那般強悍，卻特別難纏，他撒出大量的玫瑰花瓣，片片花瓣隨風飛舞遮蔽了眾人的視線，艾利西自己則趁機展開行動。他步伐輕盈、動作靈巧，在茶會森林混了一段時間的他早已從貓不笑等人身上學到了盜賊的精髓，靈活得有如一隻貓。

艾利西在花雨中前行，各式花俏彈藥不斷往敵方身上招呼，而在眾人被干擾之際，紅鶴愛麗絲有如利刃出鞘，直直刺向嵐月。

此時，帶著凜冽劍氣的長劍朝伊絲莉正面砍來，伊絲莉向旁邊一滾閃開，挑眉看向那名膽大包天攔阻她的玩家。

「我必須說，打擾別人做生意真的很沒禮貌，黑皇后。」

這位玩家背後有一條甩來甩去的細長尾巴，還有一對圓潤的耳朵，他手持銀白長劍，語氣彷彿游刃有餘，但仔細一瞧便能發現他的額上冒著冷汗，正是芋叔鼠。

「沒禮貌又如何，你阻止得了我嗎？」伊絲莉笑問。她的紅鶴招呼到芋叔鼠身上，芋叔鼠趕緊舉劍擋下。

「你別拿劍擋她！紅鶴會咬你！」嵐月風中凌亂地高喊，此刻的他比芋叔鼠更像老鼠，整個在旁邊亂叫個不停，還舉起長杖不分青紅皂白地發動大絕降下火雨。

芋叔鼠抽回劍，向後退了一步與伊絲莉拉開距離，長劍隨即爆出一陣火光。他揮劍將火焰用力甩出去，趁這個機會連忙拉著嵐月跳窗跑路。

「跑了，艾利西，攔住他們！」伊絲莉怒喝一聲，艾利西立刻從戰鬥中抽身，一個箭步越過伊絲莉，也翻身從窗口跳下。

艾利西的跑速已經完全不輸那些有耳朵的職業，三兩下便趕上芋叔鼠和嵐月，與他們正面交鋒。

艾利西一隻龍蝦朝嵐月丟去，卻被芋叔鼠接下，在黑暗之中，芋叔鼠手裡的長劍猶如火炬般照亮了周遭，比嵐月的夜明珠長杖更加顯眼。

「這還是我第一次跟睡鼠戰鬥，你們的玩法好帥。」艾利西由衷讚歎。

和專精物理攻擊的白騎士與紅心騎士、以及專精法術攻擊的紅心女王與毛蟲術士相比，睡鼠介於兩者之間。他們融合了戰士與法師的特色，簡單來說就是魔法劍士，雖然有人批評睡鼠是個學而不精的職業，不過艾利西認爲這代表睡鼠能發揮的空間更大，在防禦上也不像戰士或法師一樣有明顯的弱點。

睡鼠無論是物理防禦還是魔法防禦都不差，因此若不把芋叔鼠支開，他們就難以逮到機會將嵐月殺死。

「跟你的丟石比起來，我們睡鼠只是小意思而已。」芋叔鼠舉起劍，劍身光芒一轉，化作滋滋作響的雷電。他對艾利西揮劍，雷電如猛獸般瘋狂襲去，艾利西側身閃開，手中冒出幾把餐刀射向嵐月。

生死關頭，嵐月也舉杖朝艾利西發出幾道冰錐，雷光與冰晶交互閃爍，這兩招分別能觸發麻痺與凍傷效果，艾利西明白，對方的目的就是拖住他然後逃走。

可是，有這麼容易嗎？

「你們還想逃到哪去？」一道迅如疾風的影子從艾利西旁邊竄出，撲向艾利西的魔法攻勢霎時一轉，鋪天蓋地回到兩位玩魔法的會長身上。

「那群護衛到底在幹麼！花了那麼多錢請來，關鍵時刻一點屁用也沒有！」嵐月一邊狼狽閃躲一邊咒罵，像是爲了回應他的呼喚，那些僱來的援手這才姍姍來遲。

同時，有道綠色身影也從黑暗中現形，站到了伊絲莉身旁。

「艾利西，夜夜笙歌，攔下他們。這兩個傢伙我來處理。」伊絲莉一聲令下，艾利西與夜夜笙歌立即轉身，各自舉起武器。

看見夜夜笙歌，嵐月整個人都不好了。這一次黑皇后的騎士居然有兩個！這兩人別的不厲害，就是妨礙對手最厲害，知名的紅心騎士蘭斯洛特正是被他們聯手拉下馬的。

艾利西舉起幾顆樹膠，瞄準那些近戰系護衛的腳，把樹膠扔在他們即將要踩的地方，制住他們的行動；夜夜笙歌則吐出綠色煙霧，令遠攻系的玩家們麻痺；而黑皇后伊絲莉一個箭步上前，勢如破竹地把兩個會長的魔法攻擊全數彈回，這般強悍的實力讓嵐月和芋叔鼠臉都綠了。

「芋叔鼠，你現在離開的話，我還能留你一命，真的不讓開？」伊絲莉勸告。

芋叔鼠笑著回拒：「要錢沒有，要命一條。妳把我的商業合作夥伴弄死了，我要找誰做生意？」

他的聲音依舊輕鬆，然而揮劍的手已經隱隱顫抖著。要他們這種幾乎沒在下副本玩PK的玩家跟大神正面對決太吃力了，偏偏其他援手都被艾利西與夜夜笙歌擋下，光憑他們倆根本對付不了伊絲莉。

紅鶴的頭猛然伸過來，咬住了燃燒的長劍，伊絲莉泰然自若地一笑。「那很抱歉，只能請你去死了。」

下一秒，芋叔鼠的身影消失在嵐月面前，整個人被粗暴地甩出去。

說時遲那時快，面色慘白的嵐月舉起魔杖，高喊了聲「照明術」。他的長杖爆出白光，整座庭院頓時明亮如白晝，這招打得伊絲莉等人措手不及，所有人都停下了動作遮住眼睛。艾利西即使背對著嵐月也差點亮瞎了眼，更別提站在嵐月正前方的伊絲莉了。

忍受著過於刺眼的光芒，艾利西回頭跑去，一手攬住正在哀鳴的伊絲莉的肩頭，生怕嵐月等人趁機攻擊她。可是白光消失後，他眨了眨眼睛，卻發現嵐月不見了。

「可惡，他人呢?」得知嵐月逃走，伊絲莉氣得炸毛。這招帶給她的影響實在太大，她暫時睜不開雙眼，即使睜開了眼前也是一片空白。

「我去追他，妳在這等著。」

「不要!我也要去!那傢伙敢這樣陰我，他死定了!」

聞言，深知伊絲莉脾氣的艾利西明白自己說服不了對方，於是看向夜夜笙歌。

「你們先走，隨時回報座標，我晚點跟上。」夜夜笙歌擺了擺手。他剛剛也背對著白光，受到的傷害不那麼嚴重，但他認爲自己有必要拖延其他敵人的腳步，所以果斷地選擇留下。

艾利西點點頭，一把將伊絲莉背起來狂奔而去。

「那傢伙跑速不快，絕對跑不遠!」即使雙目緊閉，伊絲莉仍心繫方才被中斷的戰鬥。「跳到屋頂上，四周這麼黑，不僅我們看不到路，他肯定也看不到!就算要逃亡，也需要有光照亮前方道路，只要看到哪團光源移動得特別快就是他準沒錯!」

艾利西攀到屋頂上，按伊絲莉的話搜索起來。作爲逃亡大師，艾利西一下就列出幾條嵐月可能會走的路線，不久便在其中一條發現了移動得特別快的微弱光源。

他迅速衝到光源附近某棟建築的屋頂，跳了下去，輕盈地落在光源前方的地面。

當他抬起頭時，光源的主人——嵐月，面色蒼白看著他。

「你們這些黑陣營的到底有什麼毛病？我好好經營市集礙著你們了？」嵐月終於忍不住了，他忿忿不平地怒斥。「從頭到尾我要的就只是保住領主這個位置，從沒想過要打棋盤戰爭。你們有什麼不滿自己去跟毒蘋果說，何苦牽扯到其他人？」

「你們也是啊！我們只是想在棋盤城安心生活，你們白陣營的爲何要一再刁難我們？走在路上看到黑陣營就殺，還砸大家的店！要不是這樣，我會出手嗎？」伊絲莉不甘示弱地回擊。

「先說好，砸店可不是我幹的，黑陣營的人也不是我殺的，妳這只是在遷怒而已。」嵐月氣得笑了。「怎麼？妳以爲像個英雄般把整個白陣營幹掉，這種情況就會消失嗎？妳以爲現實中的所有不公不義到了遊戲裡就能統統扭轉過來嗎？別太天眞了，現實中的失敗者到了遊戲裡一樣是輸家，什麼都不會改變。」

「你——」

「妳以爲我爲何能當上棋盤商會會長？」嵐月高聲打斷試圖開口的伊絲莉。「因爲我在現實中就是富二代，有老爸的公司可以繼承啊！我家境富裕，從小學習經商，在網遊裡運用了自身知識才能得到這個地位。無論是在現實生活還是遊戲世界，我一開始就贏在起跑點上，這樣的我難道有錯？難道我人生過得太順遂就必須對你們負責？」

「你住口！」伊絲莉一時找不到話語駁斥，她從艾利西背上跳下來，用紅鶴刺向嵐月。

這一擊直直刺入嵐月的腹部，登時令他血流如注。嵐月自知血量所剩無幾，但事情已成定局，他也無所畏懼了。

「妳儘管作妳的春秋大夢好了，至於你……」他看向艾利西。「我要是你，才不會把帽犯成性讓給那女人，你讓給我或自己留著都比送給她好，那位白皇后比以往任何一位都來得可怕，正因爲她永遠不知何謂滿足，棋盤城才會落得這種慘況。如今你將帽犯成性送到她手上，棋盤城會變成什麼樣子，你自己看著辦，別怪我沒警告你！」

艾利西愣了愣，在他開口前，伊絲莉已經用力將鳥喙從嵐月腹中拔出，嵐月的血量正式歸零，整個身體失去力氣倒臥在血泊中。

【區域】系統提示：白主教領主 嵐月 被玩家 伊絲莉 擊殺。目前棋盤城剩下五位領主，將開啟領主座標定位模式。從現在開始，任何玩家都可以在地圖上查看棋盤城各個領主的所在座標。

「氣死我了，他懂什麼！」雖然嵐月死了，伊絲莉仍餘怒未消，她用紅鶴敲了敲嵐月屍體的頭。「很會放話是不是？我就扭轉這個世界給你看！」

「好了好了，別氣。」艾利西安撫她，並拉著她躲入暗巷。他扶著牆壁在黑暗中前行，打開地圖確認方位，向夜夜笙歌回報了情況。

在伸手不見五指的黑暗中，艾利西聽見整個白主教領地因嵐月的死掀起騷動，有人不敢置信地慘叫，亦有人興奮不已地大笑，縱使嵐月在棋盤城的人脈再廣，也絕不乏期待他落馬的玩家。

一旦領主失去他的位子，那些守株待兔已久的玩家便會迫不及待衝上來撕裂他。沒有了領主保護的棋盤市集陷入混亂，對白主教勢力不爽很久的玩家們在街上砸攤，與擺攤的玩家們打了起來；而棋盤商會的成員們則將矛頭指向伊絲莉，不顧一切地朝伊絲莉殺來。

想抓到一個愛麗絲很難，可是有了座標就不同了。身處杳無人跡的暗巷，艾利西依然很快便聽見其他玩家的腳步聲。

同一時間，一道綠色身影悄然現身，他的出現伴隨著灰色煙霧，令艾利西與伊絲莉跟著隱沒在灰濛濛的霧氣中。

「走屋頂，每條街道都有玩家湧入，走不成。」夜夜笙歌一手抓住一個，正準備將兩人拉上屋頂，然而——

艾利西眨了眨眼，眼前的街道景色逐漸清晰起來，這座無主之城竟然被曙光點亮了。

這是他第一次看見白天時的白主教領地，這個深色調的區域在陽光的照耀下無所遁形。艾利西望向夜夜笙歌，夜夜笙歌也神情嚴肅地回望。

艾利西放開伊絲莉的手，深吸了一口氣。

「夜夜，你跟伊絲莉先逃走，我墊後。」

「艾利西！」伊絲莉低喝一聲，明顯不贊同。

「我是我們之中被殺回重生點後最有可能逃出來的人。」艾利西笑著說。「就算那些人包圍住我又能怎樣？森林的人都抓不到我了，他們行嗎？」

話雖這麼說，但對於實際情況，另外兩人都心知肚明。若艾利西有這麼難被逮到，也不必仰賴帽犯成性護送他前往黑皇后領地了，在這座城鎮，紅鶴的滑翔技能發揮不了多少作用。

艾利西也明白光憑這點說服不了兩位隊友，他搔了搔頭，不曉得該怎麼開口。

最後，他垂下目光，低聲說：「讓我去吧，因爲他還在等我，所以不管用什麼方法，我都要終結這場戰爭。」

聞言，伊絲莉與夜夜笙歌不再反對了。

伊絲莉認真地點點頭，轉身邁步向前，走到陽光之下，對跟隨其後的艾利西與夜夜笙歌高呼：「走！一定要在玩家聚集過來之前逃出這裡！」

Chapter 7 與愛麗絲爲敵的帽匠

【區域】系統提示：黑城堡領主　赫拉　被玩家　帽犯成性　擊殺。

【區域】系統提示：目前棋盤城剩下四位領主，再次提醒，棋盤城已開啟領主座標定位模式，任何玩家都可以在地圖上查看棋盤城各個領主的所在座標。

幾乎是同一時間，帽犯成性也拿下了另一位黑陣營領主。

他一如既往面帶彷彿全天下人都欠他的恐怖神情，瞄了眼剛被自己爆頭的屍體，抬腳踢到一旁，默默走回白皇后莉莉西亞身邊。

這種把其他玩家當螻蟻看待的態度令眾人退避三舍，跟團的白陣營玩家們紛紛向後挪了幾步，畏懼地盯著他。

黑桃二先生冷酷無情的姿態與近乎殘暴的實力成爲黑陣營玩家的夢魘，他就像一名守護著花朵的死神，誰敢碰這朵花都會被他一槍送去地獄。

因爲他的關係，白皇后的聲勢如日中天，向來溫柔和善的毒蘋果女神不再隱藏，臉上雖然依舊帶著人畜無害的笑容，卻做著侵踏他人領土之事。

身穿潔白洋裝的美麗皇后站在滿地屍體的房間內，純白的裙襬與雪白的高跟鞋點綴著血花，別有一番異樣的美感。皇后本人對身上的血汙視若無睹，向帽犯成性露出純淨無邪的笑容，並伸出了手。

「辛苦你了，我們回去吧。」她的聲音宛轉悅耳，甜美得讓人不禁感到一陣酥麻。

帽犯成性牽住她的手，帶領她跨過無數屍首，離開了房間。

兩人一派從容地走出所處的宅邸，外面早已有無數毒蘋果成員與其他同陣線的白陣營玩家在等候。

「這下領主只剩五個了，對吧？」莉莉西亞唇角一彎，溫聲詢問身旁的人。「黑皇后在哪，她的騎士就在哪。你覺得我們要主動攻過去，還是在領地內等待呢？」

「他會來。」帽犯成性語氣冷淡。「領地內等即可。」

說完，他又補充一句：「還有，領主只剩四位了。那傢伙跟黑皇后剛剛也解決了一個。」

「眞是可靠的人呢，不愧是我弟弟。」話雖這麼說，莉莉西亞的語氣卻毫無半分讚賞之意，反而隱隱流露出冰冷。

帽犯成性瞄了她一眼，沒說什麼，與莉莉西亞一同返回了白皇后領地。

莉莉西亞的家是一座美麗的莊園，兩人才剛下坐騎，一名白騎士便朝他們衝過來，驚慌地抓住莉莉西亞的雙肩。

「莉莉，妳又獨自率兵去攻打其他人的領地了？我不是跟妳說不行，很危險嗎！」

這位白騎士正是梅萊。他又急又慌，對於自己的兵力被擅用一事完全不介意，只在乎他的白皇后的安危。

「我沒事的，不用擔心，黑桃二先生會保護我。」莉莉西亞笑著捧住他的臉，語氣眞誠。「我必須這麼做，梅萊。棋盤城的陣營對立越發嚴重，居民們不得安寧，得有人站出來終結這場戰爭。」

「那個人也不該是妳，要是妳有什麼閃失，我——」

「我不會有事的，你放心。」像是拿這個人沒辦法似的，莉莉西亞無奈地笑著打斷他的話。「只要你不嫌棄我，我就會一直待在你身邊的。」

這句話似乎刺激到了梅萊，他猛地抱住莉莉西亞，激動地說：「我怎麼可能嫌棄妳！」

帽犯成性從頭到尾被當空氣，他面無表情站在一旁，最後決定上網瀏覽遊戲討論區。

「不管是在現實生活還是遊戲裡，周遭都是勢利的人，噁心得讓我想吐，只有妳是眞的關心我……」梅萊哽咽地說。「莉莉，棋盤城會變成什麼樣子我根本不在乎，我只要妳平安就好。」

「你在說什麼呀，梅萊人這麼好，怎麼可能只有我關心你？」莉莉西亞笑著輕撫他的背，聲音甜得猶如濃稠的糖蜜。「梅萊，雖然我不清楚究竟發生了什麼，但我要你知道，你是我認識的男人中最好的，那些人不重視你是他們的損失，是他們沒發現你的好。」

「莉莉……」

梅萊的聲音都染上一絲哭音了。就在這時，他終於注意到正逕自逛著論壇的帽犯成性，整個人瞬間僵在原地。

感受到他的視線，帽犯成性的目光沒有從網頁上移開半分，只是隨口扔下一句：「你們繼續。」

梅萊臉色一陣青一陣白，似乎無法接受自己的軟弱被外人所知。他指著帽犯成性連說了好幾次「你」，望望莉莉西亞，再望望帽犯成性，最後臉色一紅，低聲表示自己還有事要處理，便狼狽地溜走了。

莉莉西亞呵呵笑著，從容地走到帽犯成性旁邊。

「在看什麼？」她像是剛剛什麼都沒發生一樣，雲淡風輕地看向帽犯成性正在瀏覽的網頁，只見是一篇討論帖。

〔討論〕該死的黑皇后騎士，又讓他跑了！

氣死我了啊啊啊！崩潰！再讓我遇到那個愛麗絲一次，非把他殺到掉個十級不可！稍早之前黑皇后帶著兩個騎士闖入棋盤商會本部，殺了會長，想當然整個商會的人都氣炸了，說什麼也要逮住黑皇后，結果那個丟石愛麗絲卻留下來阻攔我們。這傢伙不強，就是靠・北・難・纏！各種亂七八糟的彈藥撒出來把大家耍得團團轉，等到回過神來，黑皇后已經與毛蟲術士跑得老遠了。

對於這個混蛋，當然要把他送回重生點殺個千千萬萬次，沒想到這傢伙特別頑強，非要殺出一條血路逃走不可。一開始聚集在重生點圍毆他的人不多，所以還算好辦，緊盯著他見招拆招總能把他再次打趴，誰知後來湊熱鬧的鄉民越來越多，人一多，這傢伙又狂撒玫瑰花瓣混淆視線，最後就趁亂化爲小愛麗絲逃走了！要不是因爲那些湊熱鬧的玩家，我們明明可以把艾利西就地正法的！搞什麼啊！

「他可眞拚呢，你說，他這麼拚命究竟是爲了黑皇后，還是爲了你呢？」

帽犯成性瞄了莉莉西亞一眼，閉口不語。

這冷淡的反應莉莉西亞也習慣了。帽犯成性成爲她的護衛已經有一陣子，儘管就在身旁，可這個男人從沒將她看在眼裡，那對眸子追隨的身影永遠是另一人。因此，莉莉西亞多少有點明白了爲何艾利西會對黑桃二先生如此著迷。

她沒有多費工夫討好帽犯成性，那是沒有意義的。不過因爲知道帽犯成性留在她身邊是爲了艾利西，所以她反而對這個男人相當放心。

「在你出現之前，我很訝異曦曦會這麼瘋狂地崇拜一個人，幸好他看人的眼光不錯，沒讓我失了面子。」

莉莉西亞緩步走向她精心打理的花園，帽犯成性默默跟隨在後。

「我弟弟長得帥，又會打扮，除了個性好以外，更是對女孩子溫柔體貼。你別看他那副瘋瘋癲癲的樣子，他在現實中非常受歡迎的。而且你應該不曉得吧？除此之外，他還很會——」

「唱歌。」

莉莉西亞盯著逐漸焦躁起來的帽犯成性，笑咪咪地說：「是的，看來你早就聽過了。可惜我悉心培養的弟弟偏偏選了那個黃毛丫頭。就算他把自己最珍愛的大神送來給我還是一樣，即使棋盤城戰爭落幕，我也不會原諒他。」

莉莉西亞輕柔地將手覆上帽犯成性的手背，不疾不徐地說：「你應該不想讓他傷心對吧？你那麼珍惜他，甚至不忍心看他爲難，所以才代替他來到我身邊。其實不用那麼麻煩的，我就告訴你吧，只要你做一件事，我就會原諒曦曦背棄我，也不會再刁難他。這對你而言，應該是件輕而易舉的小事。」

莉莉西亞笑得溫柔，水潤的眸子眨了眨，帶著幾分勾人的意味，正是這雙眼睛令許多男人迷失在其中。

她注視著帽犯成性，有如在對愛人呢喃一般，柔聲說道：「只要幫我殺死黑皇后那個賤女人，讓她不能再添亂，我就可以原諒這一切。看吧，是不是很簡單？」

帽犯成性抽開手，後退一步，露出看神經病似的嫌惡眼神。

他實在受夠了，爲什麼艾利西身旁的人都不介意在他面前展露本性？而且這些人一個比一個還不正常，簡直有病。

「妳對誰都這個樣子嗎？」帽犯成性滿心莫名其妙，他不覺得伊絲莉跟莉莉西亞之間眞有什麼深仇大恨。雖然他自己也不是什麼善人，面對不爽的對象同樣會直接殺了了事，但他可不會像莉莉西亞這樣窮追猛打。

「我只對我信任的人這個樣子喔。」莉莉西亞撒嬌般地說，見帽犯成性一副看到發臭廚餘的樣子，她又補充一句：「還有那些敢從我身邊奪走男人的女人。」

莉莉西亞使用丟石技能變出一顆鮮紅飽滿的蘋果，拿在手上。她凝視著蘋果，輕聲說：「聽過《白雪公主》嗎？」

「廢話。」帽犯成性開始不耐煩了，此刻他只想離這個神經病越遠越好。

「那你應該知道吧，這是個關於嫉妒心的故事。」莉莉西亞的語氣慈愛，如同在爲孩子讀睡前故事。「是一件因爲一個男人引發的慘案，要是那個男人沒迎娶繼室，什麼事都不會發生。」

聽到繼室一詞，帽犯成性眉頭微挑，想起那一夜艾利西的自白。在他開口詢問之前，莉莉西亞已經繼續說下去。

「我跟曦曦的爸爸是個溫吞的爛好人，沒什麼氣魄，也沒什麼上進心，只有個性很好。鄰居們都說爸爸是個好男人，我也這麼認爲，直到某天爸爸趁媽媽回娘家時，把外面的女人帶回來過夜，被我撞見。」

訴說這段過往時，莉莉西亞依舊維持著燦笑。

「很可笑吧？這麼高調，遲早有一天會東窗事發。後來爸媽離婚，我爸爸當然有意把那女人娶進門，而他也確實這麼做了。」

她心不在焉地把玩手上的蘋果。「那個狐狸精老在我面前耀武揚威，不但試圖把我

「你說什麼？」原本顯得十分從容的莉莉西亞笑容僵了，聲音也提高幾分，頗有質問的意味。「棋盤城還沒落入我手裡，礙眼的黑皇后也還沒消失，你以為光憑幾句話就能說服我？」

「妳想要的根本不是那些無聊的東西。」帽犯成性直視著她。「妳只是想要一個不會背叛妳的男人罷了。我不想評論你們的父親是怎樣的人，但大概是他讓妳從小就不信任異性，才會不斷地用極端的方法留住男人，確保他們不會背叛妳。妳當然無法滿足，因為妳打從心底不相信有男人會忠貞不二。」

「可是這世上有一堆巴不得舔妳的腳、把妳當成救贖的蠢貨在，妳那個弟弟也是。」他不耐煩地說。「妳真以為江牧曦只是因為比較喜歡黑皇后才選擇她？別傻了，江牧曦會選擇黑皇后，最主要不就是為了妳嗎？因為妳做錯了，而且錯得離譜，所以他想把妳拉回來。」

「……」

「我跟那傢伙能夠包容彼此的錯誤與缺點，不過若是誰犯了大錯，我們也會毫不猶豫地指出，甚至不惜打上一場也要揍醒對方，這都是由於我們重視彼此。那傢伙選擇與妳對立，一方面是為了黑皇后，一方面更是為了妳，他想要阻止妳，把妳導回正軌，懂？」

「……」

「江牧曦從一開始就沒有背叛妳。如果他不重視妳，我就不會出現在這。」

莉莉西亞沉默一陣。她垂下頭，臉上的笑容消失，雙手拳頭逐漸握緊。「說得好像你很了解我們姊弟似的，你懂什麼？」

「我沒興趣了解妳，但我一定比妳了解他。」

「你哪裡了解他？好像以爲他不會做錯事一樣，要是他眞的那麼了不起，爲什麼我們的家會分崩離析？他分到一個堅強又懂得照顧人的媽媽，我卻分到一個整天想除掉我的狐狸精！我隱忍許久換來這種結果，每天都得面對那個可憎的女人，而他呢？失去了爸爸，他依然有個和樂的家庭。如果可以，我也不想變成今天這個樣子，可是我能選擇嗎？若我不和那個女人對抗，最後就會連家都回不去！他明白我的痛苦嗎？」

「這不是他的錯。」帽犯成性冷冷回應。「妳自己也說妳爸外遇的事總有一天會東窗事發。」

「我當然知道！」莉莉西亞激動地回應，而後有些悲傷地低語。「我知道啊……眞正錯的是爸爸，所以我依然把他視爲最愛的弟弟。但是……他卻選擇與我爲敵。他總是選擇最令我痛苦的做法。」

她重新仰起頭，神情帶著憎恨。「既然他決心這麼做，我就奉陪到底。這一次，就算是最愛的弟弟，我也絕不放過。」

「艾利西！」

當艾利西回到黑皇后領地時，伊絲莉立即出來迎接，並擔憂地打量他。

「你還好嗎？看你被殺到掉了一等，我還以爲可能逃不出來了，幸好你回來了。之後再一起去副本重新刷回經驗值吧。」

艾利西摸摸伊絲莉的頭，露出笑容。「妳也太小看我了，跟帽犯比起來，那些人算什麼？比起這個，下一個目標終於輪到我姊了對吧？快來研究戰略吧。」

艾利西的態度完全沒有任何猶豫，伊絲莉愣了下，隨即點點頭。

「我們已經在研究了，剛剛白皇后莉莉西亞在世界頻道發言，說目前她的處境相當危險，所以從現在開始，她將待在自己的領地。」

艾利西與她四目相接。「也就是要我們去找她的意思。」

「沒錯。你去過她的領地吧？」

「沒有，姊只帶我去過白國王領地。」艾利西乾脆地表示。

伊絲莉腳步頓了頓，露出有些詫異的神情，大概正在心想爲何這對姊弟的關係如此疏離。

「這下情報更少了，我們以爲你去過她的家，還打算等你回來再討論該如何闖入莉莉西亞的所在地。」

艾利西完全不擔心，一派自信。

「不要緊，這裡有個人肯定去過我姊的家。」

黑皇后領地的地牢中，一名紅心騎士正無言地與牢房外的黑皇后一行人大眼瞪小眼。

「……所以就是這樣，我記得你住在白皇后領地對吧？身爲姊姊的騎士，你想必很清楚她家長怎樣，就靠你了。」艾利西蹲在牢門前，笑嘻嘻地對蘭斯洛特說。

果不其然，得到的只有一連串的粗口，艾利西搔了搔頭，伊絲莉則仰天長嘆。

「我就說吧？沒用的。」

白皇后領地大致是什麼樣子還不難探聽，可是莉莉西亞的家就沒辦法了。眾所皆知，白皇后的居所是一座漂亮的莊園，而光是莊園本身就足以自成一個副本。莉莉西亞肯定會布下兵力，她的身邊更有競技場之王守護，如今白皇后可說是整個棋盤上最強的棋子，想吃掉她沒那麼容易。

「沒關係，我再試試看。」艾利西回頭對伊絲莉說：「讓我跟他單獨談談吧？談不了再說，總要試試才知道。」

「隨便你了。」伊絲莉垮著肩膀，滿臉無奈。「我們在大廳等你，不管事情辦不辦得成都別拖太久。」

艾利西點點頭，待伊絲莉離開後，他盤腿坐在蘭斯洛特面前。

「既然只剩我們倆了，就打開天窗說亮話吧。你喜歡我姊對吧？」

蘭斯洛特瞪著他，咬牙切齒。「喜歡又怎樣？干你屁事？」

「那你應該明白，我姊不可能沒有男朋友的。想與她交往的人可以從遊戲內排到現實中，她在遊戲裡或許是沒跟任何人交往，可不代表在現實中沒有。即使如此，你還是不想放棄她嗎？」

蘭斯洛特死死瞪著他許久，才緩緩沉聲說：「沒錯。這樣你滿意了嗎？我才不在乎她身邊有多少男人，也不在乎她是不是每句話都發自眞心。我只要知道自己喜歡她的心意毫無虛假，這樣就夠了。」

這個回答令艾利西有些驚訝，他第一次感覺蘭斯洛特身上彷彿散發著聖光，只不過顏色偏綠了點。

雖然兩人看彼此不順眼，卻意外地有相似之處，這讓艾利西忍不住笑出聲。「搞了半天，你跟我一樣都有迷妹屬性。」

「笑個屁！誰像你眼光這麼差！莉莉是這個遊戲裡第一個對我伸出援手的人！我恨透了紅心城那群白痴玩家，因此跑到了棋盤城，卻又被一群該死的混帳圍毆，而她第一個來替我解圍！我不管她是怎樣的人，我只記得那天她確實不顧安危向我伸出援手！」

艾利西凝視著蘭斯洛特，那雙眼睛滿溢著憤怒，其中的情感卻眞實無欺。

他深吸一口氣，也是第一次在這人面前斂起了嘻皮笑臉的模樣，神情嚴肅起來。

「我需要你的幫忙。」他說。

「我姊姊深陷在這個棋盤中，整個人都不對勁了。我擔心再這樣下去，她會變得不再是我所認識的姊姊，也會無法從這場夢中醒來，所以我要在她成爲棋盤城的魔王之前阻止她。」

「說得那麼好聽，就算莉莉想要整個棋盤城又怎樣了？你憑什麼阻止她？無法從夢中醒來又是怎麼回事？好像這是無法登出的遊戲一樣。」

「我既是艾利西，也是江牧曦。」艾利西指了指自己，毫不猶豫地說出自己的本名。「在以艾利西的身分玩遊戲時，我從未忘記自己是什麼人，即使沉浸在遊戲的美景中，也從未遺忘過現實的景色。我姊姊變了，難道你感覺不出來嗎？」

他站起身，攤開雙手。「你不是說，我姊姊是個會不顧危險對你伸出援手的人？然而你看看現在的棋盤城，面對那些被欺負的黑陣營玩家，她有對他們伸出援手嗎？他們的處境甚至是我姊姊造成的。若是以前的你認識了現在的白皇后，你能忍受嗎？」

「……」

「跟我一起把她拉回來。我一個人辦不到，帽犯在那裡，毒蘋果也在那裡，攻略白皇后難度太高，我需要幫手。」

「……你還有臉說這種話！黑桃二會去白陣營不就是你害的嗎？他媽的你拿石頭砸自己腳還要我替你擦屁股！」蘭斯洛特用力搥了一下鐵欄杆，猛然站起身。「給我把牢門打開！要殺要剮要組隊隨你，讓我回到她身邊！只要一想到那個黑桃二待在她那裡，我就一秒都不能忍受，你根本不知道自己給她送了個什麼惡魔！」

「我男神哪裡礙著你了?他又不會跟你搶女人。」艾利西不滿地抗議。

「你什麼都不懂！」蘭斯洛特凶惡地咆哮。「我天天想著那個該死的男人會怎麼對莉莉上下其手，越想越覺得不對勁。」

在艾利西以爲他是被害妄想症又發作時，蘭斯洛特再度開口：「那張臉，我是有印象的。」

霎時，艾利西忍不住屏息。

「雖然事情已經過去很久了，可是那張臉、那個眼神，很久以前我曾經看過一次。我高中時跟學校裡的不良少年鬼混過一段時間，當時來了一個轉學生，據說成績相當優秀，家境也不錯，但就是有暴力傾向的樣子，才會轉到我們學校。不過學校的老師哪管這麼多，他們眼中只看得到他的成績，所以就算那傢伙比我們還要目中無人，老師們也對他客客氣氣的。想當然，這麼囂張的傢伙我們當然要給他點教訓，沒想到他媽的被他揍得滿地找牙。」蘭斯洛特的臉色十分難看。

「在那之後我們才知道，那傢伙正是因爲揍了很多人才不斷轉學，根本是該送進少年輔育院的混帳，他的父母卻聯合校方極力把這些事壓下。沒多久，那個轉學生又轉走了，我再也沒見過他。因爲只有一面之緣，我很快就把他的樣子忘得差不多了，可是……黑桃二先生讓我再度想起那傢伙。」蘭斯洛特的語氣相當凝重。「我上網花了不少時間搜尋當年那傢伙的名字，如今總算確定了。就是他！帽犯成性，他的本名是范子逸！那傢伙完全是個惡魔，你把這種人放到莉莉西亞身邊根本——」

「……你閉嘴。」

「你說什麼？」

艾利西雙手背在身後，微笑著說：「我叫你閉嘴，沒聽到嗎？揍人又怎樣了，你不也跟不良少年混過？而且說不定只是剛好長得像而已，你連他的身分證都沒看過，憑什麼證明他就是范子逸？我勸你不要拿這件事煩他，甚至把這件事傳出去，否則在他揍你前，我會先把你揍死。」

「你！」

艾利西打開牢門，站在門外笑吟吟地注視著蘭斯洛特。

「我看我們能達成共識了。你跟我們一起去阻止我姊姊，只要棋盤戰爭結束，我就把帽犯帶走，你也可以回到我姊身邊。否則你現在就算回去，那裡也早已沒有你的容身之處。」

蘭斯洛特的臉瞬間黑掉了，這番話聽來殘酷，不過的確是事實。帽犯成性已經成為白陣營不可或缺的戰力，即使蘭斯洛特抖出帽犯成性的黑歷史，白陣營的人也不會因此就放棄這位大神。

「你這個殺千刀的混蛋！」蘭斯洛特一拳砸在欄杆上，死死瞪著艾利西，最後垂下手咒罵了一聲，打開了系統介面。

「要做就做得徹底。」他的手飛快地在介面上操作，果斷地退出毒蘋果公會。蘭斯洛特明白這個舉動肯定會在白陣營掀起軒然大波，但他不在乎，因為他認為要拯救莉莉西亞就只能照艾利西說的去做。

接著，他打開道具欄，毫不猶豫地取出一項道具。

「這是什麼？」艾利西好奇地瞧著蘭斯洛特手中的黑兔娃娃，這隻兔子模樣有點像棋盤殿堂裡的黑兔NPC。

「打贏棋盤殿堂NPC的戰利品，用了可以轉換陣營。」蘭斯洛特不屑地解釋。

「哎？那兩隻是兔子可以打死的嗎？」艾利西滿臉震驚，他從沒聽說過這種事，他還以為那些NPC絕對殺不死。

雖然玩家可以攻擊維持城鎮運作的NPC，然而NPC是會回擊的，且攻擊力高得不合常理，無論血量再多，只要被拍到一下血條鐵定歸零。

「可以是可以，不過我勸你別痴心妄想。當初我們公會全軍出動好幾次才成功拿下其中一隻，我是幸運撿了尾刀才得到這隻沒屁用的娃娃。」蘭斯洛特沒好氣地說。他們以為打死兔子NPC能破格得到國王的位置，哪知結果居然是掉這個破道具，氣得他們再也不打了。他那時覺得賣掉也賺不了多少錢，就放在物品欄裡，想不到竟有派上用場的一天。

艾利西嘖嘖稱奇。「你還真是狗屎運啊。」

「全愛麗絲裡最狗屎運的傢伙沒資格說我！」

當艾利西領著蘭斯洛特出現在伊絲莉家的大廳時，所有人都震驚了。

在一片靜默中，艾利西與蘭斯洛特隨便找了張椅子入座，由艾利西打破沉默：「好了，你們討論到哪了？我們也要加入。」

「目、目前……」伊絲莉愣愣開口，整個人仍處於驚愕狀態，還未回神。她不敢相信艾利西眞的說服成功了。

「目前正在討論該從哪條路線進入白皇后的莊園。」夜夜笙歌接過她的話。「皇后與國王的領地跟其他領主不同，他們的領地有四十等的NPC守衛，那些NPC會自動感應敵人的入侵，只要離他們太近就會被察覺。領主可以隨意布置兵力，而除此之外，毒蘋果的人肯定也會在那裡。」

說到此處，他瞄了一眼蘭斯洛特，然後和艾利西對上目光，顯然在懷疑這名紅心騎士可能會臨陣倒戈。

「遇上毒蘋果也沒關係，打就對了。」艾利西笑著打消他的疑慮。「畢竟我們的最終目的是要把我姊跟帽犯拿下，對吧，蘭斯洛特？」

蘭斯洛特哼了一聲，不予回應，卻也形同默認。

「白皇后勢力龐大，她的領地有三種類型的敵人，守衛NPC、毒蘋果、其他白陣營的女神追隨者。」低沉的話音從長桌另一端傳來，艾利西聞聲望去。

坐在長桌尾端的是一名身穿銀灰色鎧甲的白騎士，看起來是個二十歲出頭的青年。他神色陰沉，聲音如機械般冰冷，一副與白皇后有深仇大恨的樣子。

不用說，這人正是神祕的黑國王。稍早實際見到本人後，艾利西才想起先前在鐘塔上遇過。然而，向來和誰都能開懷暢談的他面對黑國王時，卻沒法像平時一樣。

這人讓他想起了一些不該想起的過往，早已不再疼痛的腰部傷疤也莫名隱隱作痛。他曾經跟黑國王談過莉莉西亞的事，試圖減少黑國王對莉莉西亞的恨意，然而——

「你知道棋盤城的白騎士都是怎麼走過來的嗎？從新手時期就被人當成蛆蟲一般看待，只能抱著別人的大腿苟延殘喘。少數白騎士成爲高手玩家，爬到了高處，然而大部分的白騎士則不是。即使一開始被分配到白陣營，周遭的人也會逼你離開，因爲你是新手，又是白騎士，沒有資格待在白陣營。若不服從他們，他們就會剝奪你所擁有的一切，而這些情況全是白皇后莉莉西亞一手造成的。我有理由不恨她嗎？」

當時，艾利西沒法反駁黑國王的話。他的姊姊不像帽犯成性，帽犯成性骨子裡是個好人，所以他能夠以此去說服他人，而莉莉西亞壞到了骨子裡，他口才再好也無法讓痛恨她的人改觀。

黑國王這副擺明了不會憐香惜玉的態度，成了艾利西內心的隱憂。他強壓下忐忑不安的情緒，深吸一口氣。

無論如何，擊敗白皇后之後，他必須盡快帶著莉莉西亞逃離，否則黑國王到時一定會成爲報復白皇后的人之一。

「白皇后不是簡單角色，正面衝突是無法避免的，女王愛麗絲不能耗費太多力氣在清怪上，那些小兵交給其他人處理。」夜夜笙歌看著艾利西。「你們在這個副本中最重要的任務，就是打倒帽犯成性與莉莉西亞。至於該怎麼打，艾利西，就看你了，你是最了解他們的人。」

艾利西點點頭，他難得收起笑容，目光認真地一一掃過在場所有人。

「只要拿下白皇后，這場戰爭的勝負就幾乎底定了。都走到了這裡，我們只許成功，不許失敗。」

這話不僅是說給大家聽，也是說給他自己聽。

他老是說總有一天會打贏帽犯成性，其實能不能打贏，他也不確定，但至少得有個起頭，才有可能成真。

「無論如何，一定要拿下白皇后領地，就這麼說定了！」

Chapter 8 等待愛麗絲的帽匠

「爸爸，你跟姊姊要去哪裡？」

那一天，男孩站在大門前，緊抱著父親的手臂，一臉困惑地仰頭看他。

「阿曦啊，我跟你媽媽商量了下，決定帶姊姊去另一個家住，這樣對彼此都好。」

他的父親摸摸他的頭，聲音一如往常那般溫柔，令人心安。

「那我可以去那裡玩嗎？」

「……可以啊。爸爸跟姊姊永遠歡迎阿曦的。」

聽了這番話，男孩一顆不安的心放了下來。

「好，等爸爸跟姊姊搬好家後，要帶我過去玩，約定好嘍！」

「嗯，阿曦就乖乖在這，等爸爸跟姊姊安頓好新家。」

說完，他的父親蹲下來與他平視。

「在爸爸離開前，跟爸爸做個約定好嗎？」

男孩用力地點點頭。雖然他對一切都不是很明白，但他知道，以後不會這麼常見到爸爸了，所以這次他一定要好好聽爸爸的話。

「從今以後，爸爸負責守護姊姊，而你代替爸爸守護媽媽。爸爸不在後，這個重要的任務就交給你了，好嗎？」

「好。」男孩乖巧地說。

他站在門口，注視著父親一手提著行李、一手牽著姊姊，逆著光離開了這個家。在最後一刻，他的姊姊回過頭，對他露出有些落寞的笑容。

「曦曦，再見。」

他以爲能很快再見，卻沒料到爸爸和姊姊從此音訊全無。長大後，他漸漸明白當年發生了什麼，也明白了父母離婚的原因是什麼。

由於父親在他很小的時候就離開了，所以他對父親的印象不深，最鮮明的記憶便是那個約定。那不僅僅是個約定，也是他唯一能藉以懷念父親的事，因爲他跟母親所住的家裡，已經完全找不到父親生活過的痕跡。

回憶逐漸從腦海中淡去，曾經關係緊密的親人不知不覺成了陌生人。直到許多年後，他在雨中撐著傘，走在放學回家的路上，偶然看見了一抹有些眼熟的身影。

對方獨自站在馬路對面，渾身淋得溼透，美麗的側臉上不帶表情，木然盯著前方。

他被那張略顯熟悉的臉龐吸引，一步步地朝那人走去。

那是一位模樣如人偶般精緻的美麗少女，然而她的頭髮像狗啃過似的，被剪得亂七八糟，一身衣服也髒兮兮的，帶著雨水與汙泥。

察覺到他的走近，少女望了過來，他們四目相接許久，表情同樣逐漸轉爲錯愕。

「……曦曦？」

在少女率先打破沉默後，不知怎麼地，他哭了。

或許他是因爲太過震驚，本以爲這輩子不會再相見的人，居然就這麼意外重逢；也或許是因爲發現自己當年的無心之言，把這個家庭撕裂成了什麼樣子。

他終於知道他的父親不過是個信口開河的騙子，說會再見面，卻從此消失在茫茫人海，說要守護姊姊，卻令姊姊淪落至此。只有他還痴痴留在原地，守著父親不打算履行的約定。

他記得自己在姊姊面前哭了許久，但不記得姊姊有沒有哭。所有淚水都和雨水交融在一起，最終隨著那場雨流盡。

這世上有許多無法如願的事，也有許多無法重來的時光。

他後悔的事很多、做不到的事也很多，這點他比誰都清楚。

所以，當他在撲克競技場上看見戰無不勝的黑桃二先生時，才會深受吸引。

那份彷彿能擊敗一切的強大不受任何人所束縛，那對銳利的雙目看似永遠不會有任何迷惘，如此的炙熱專注。

若能變得比那個人還強，是不是就能不再感到無能爲力了？

若能變得跟那個人一樣，是不是就能忘掉那痛苦的約定了？

然而他錯了。

即使變強，做不到的事依然很多。

可是這一次，他不再是獨自一人，因爲那個人早已挺身而出，將他無法顧及的事情攬過去，替他分擔了煩惱。

那個人相信他，並且一直待在白皇后身旁等著他前去，所以他絕不能輸。就算他的自信有部分是以謊言構築，他也要將謊言化爲眞實，打倒白皇后。

此刻，青年愛麗絲站在白皇后領地的入口，凝神眺望前方景色。

白皇后領地位於黑格子，整個區域充滿古老的氣息，同樣精緻美麗的房屋外觀皆略顯褪色，街道兩旁開滿了黑玫瑰。這個地方沒有任何一絲鮮明豔麗的色彩，唯一較爲明亮的只有那些身穿白色鎧甲的NPC守衛與玩家。

一陣寒風從漆黑的街道吹來，帶起黑色花雨，艾利西隨手拈了一片黑玫瑰花瓣，低頭凝視。

「我們走吧。」伊絲莉的聲音喚回了他的思緒，艾利西看向她，也一併看到了聚集在她身後的黑陣營玩家。

由於即將攻略白陣營最強的棋子，不少黑陣營玩家都前來助陣。論人數他們不輸白陣營，不過能否取得優勢仍是未知數，畢竟多數菁英玩家都聚集在白陣營。

「聽好了，我的活動時間只剩五十分鐘，這段時間內一定要把白皇后拿下。」伊絲莉認眞地說。

隨著領主人數銳減，系統的限制越發嚴苛，如今伊絲莉每天只有一個小時能在其他地方活動，其餘時間都必須待在自己的領地。儘管伊絲莉已經以最快速度趕來，依然只剩五十分鐘可以運用。時間一到，她就會被傳送回自己的領地，要是身爲黑陣營最強戰力的她不在了，黑陣營就輸定了。

「沒問題，走吧。」艾利西自信一笑。「我會帶妳走向勝利的，儘管動手。」

一陣爆炸般的聲響席捲了白皇后領地，這個瞬間，整個棋盤城——不，整個遊戲裡的玩家都隨之熱血沸騰起來。

【世界】清秀矮人：打起來了啊啊！黑皇后終於衝進白皇后的領地了！求實況！求直播！

【世界】櫻花菟：我在白皇后領地！目前作爲女神的跟隨者在最外圍與一群黑陣營玩家奮戰著！黑皇后在一片混亂中和她的騎士艾利西深入敵營了，他們打算直接去找白皇后幹架！

【世界】去冰不加糖：白皇后肯定會攔下他們，別忘了毒蘋果女神雖然是不擅長戰鬥的補師，但從來不缺爲她戰鬥的人還有NPC，她的NPC守衛數量可是所有領主中最多的呢。

「哈哈哈守衛數量也太多了吧！我姊還真是卯足了勁要把我們拿下呢。」艾利西跟著伊絲莉在白皇后領地中狂奔，一看到前方一擁而上的白鎧甲守衛們，他便忍不住大笑出聲。

「誰敢攔就讓他死，打倒他們！」伊絲莉大喝一聲，跳了起來，艾利西立刻向上拋出一堆赤色龍蝦。伊絲莉揮舞手中紅鶴，以快得只能看見殘影的速度將龍蝦一一擊飛，炸得那些守衛措手不及，而兩人身後衝出幾位乘著坐騎的黑陣營玩家，也紛紛舉起武器發動技能，頓時槍聲四起，天空更降下無數火焰與雷電之箭。

女王愛麗絲二人組穿梭在槍林彈雨中，靈巧地避開敵對玩家與NPC，一個氣勢銳不可擋，一個身形輕盈且悄聲無息。兩人相互配合，一路上幾乎沒停下腳步。

而令眾人跌破眼鏡的是，一路護送兩人的黑陣營玩家中，居然有一個原本是白陣營的。

「你們倆就不能用坐騎嗎！」蘭斯洛特騎著一匹棕馬跟在兩人身旁，氣急敗壞地吶喊。

「沒辦法啊，我們必須徒步才能發揮最大戰力，況且我們跑速太快了，用了坐騎只會將大家甩在後面。」艾利西眨了眨眼，學他姊姊以撒嬌般的語氣說：「你就保護我們嘛，蘭斯洛特——」

「啊啊啊給我閉嘴！噁心死了！你這傢伙根本一點也不適合撒嬌！」

艾利西哈哈大笑，隨手扔出一隻龍蝦正中朝他砍來的守衛NPC，不料更多穿著銀色鎧甲的NPC立即湧上。艾利西念頭一轉，拉著伊絲莉的手發動了變小技能，伊絲莉很有默契地跟著變小，兩人同時撐起紅鶴傘，由艾利西掌控滑翔的方向，伊絲莉則跟隨。

曾長時間在茶會森林活動的艾利西已經比伊絲莉更加精通滑翔之道，刀劍不斷朝兩人砍來，卻每一次都只能與他們擦身而過。艾利西靈活地在敵陣中穿梭，不一會兒便脫離包圍網，與伊絲莉一同變回原本大小。

「你他媽要變小前不會跟老子說一聲嗎！」被他們遠遠拋在後頭的蘭斯洛特氣得高聲咒罵，只能認命地突破重圍追上。

「該死的黑陣營玩家，滾回你們的老窩去！」他們還沒喘口氣，一群白陣營玩家又叫囂著衝來，就在伊絲莉舉起紅鶴準備應戰時，好幾顆石頭突然以炮彈般的速度襲向敵方，準確地砸中追兵們的額頭。

這一下雖然血量扣得不多，卻成功地把他們打得後仰停步，甚至觸發了暈眩效果。趁著這短短的幾秒，一隻紅鶴招呼到那些人身上，把他們一一打飛。

「妳留點力氣，讓我出手即可。」艾利西再度扔出幾把餐刀，射進NPC守衛的鎧甲縫隙，阻礙他們的行動。他寸步不離地守在伊絲莉身邊，眼觀四面、耳聽八方。「留點MP打帽犯跟我姊。」

「我就算MP只剩一半也能打爆他們。」伊絲莉哼了一聲，但還是聽話地減少了攻擊次數。

「喂！前方就是毒蘋果的防線了，你們給我注意點，我們公會的人一個比一個還強。」蘭斯洛特的吆喝聲從後方響起，艾利西與伊絲莉互看了一眼。

據他們所知，白皇后領地有四道防線，最外圍是一般的白陣營玩家，第二道則是白皇后的守衛NPC，第三道正是毒蘋果的公會成員。唯有突破毒蘋果，才能抵達莉莉西亞所在的莊園。

「你認爲呢？」伊絲莉開口。

艾利西微微一笑，果斷地做出決定。「誰要花時間攻略他們，要攻略當然就要挑最強最帥的那個，最好還是拿槍的。」

伊絲莉也忍不住笑了出來。「雖然我不懂那個人有什麼好，不過看樣子你眞的很喜歡他。」

「當然，我最喜歡他了。」艾利西反射性回應，又突然覺得有哪裡不對勁。「我是說對朋、朋友的喜歡，對偶像、對男神的喜歡，畢竟他這麼——」

他越說，伊絲莉越感到莫名其妙。她只是隨口說了句，艾利西卻此地無銀三百兩似的解釋一堆。

「話、話說回來，不曉得黑國王跟夜夜那邊怎樣了，他們應該能在我們打贏白皇后之前拿下重生點吧！」艾利西急急忙忙地轉移話題。

白皇后領地有個重生點，而玩家死亡後，會自動在距離最近的重生點復活，所以能否拿下白皇后領地的重生點也是勝負關鍵之一。在白陣營掌握重生點的情況下，黑陣營玩家剛從重生點復活就會被駐守的白陣營玩家圍毆，但若重生點遭到黑陣營玩家占據，即使黑陣營的人在白皇后領地被殺，也能在同伴的守護下趕緊重整旗鼓。

夜夜笙歌之所以跟著去攻占重生點，是由於艾利西的請託，他擔心黑國王會對莉莉西亞下狠手，因此拜託夜夜笙歌幫他留意。

對於夜夜笙歌，艾利西是相當放心的。無論是夜夜笙歌還是帽犯成性，他們都很樂意對他伸出援手，並協助他看清眞實。若沒有這兩人，或許他現在已經是白陣營的人。

此刻，待在莊園裡的白皇后正盯著眼前兩個懸浮於空中的大螢幕，一邊是來自毒蘋果玩家的實況轉播，一邊則是地圖的畫面。

面對黑陣營勢如破竹的進攻，她微微一笑，舉起了法杖。

忽然，艾利西等人腳下一陣天搖地動，街道兩旁的黑玫瑰像是被施了魔法般急速生長，張牙舞爪地竄向艾利西和伊絲莉；幾乎在同時，分散於各處的白鎧甲守衛們僵住身子，隨即也十分有默契地朝艾利西衝來。

「哎？」艾利西傻住了。他打算帶著伊絲莉逃走，一道身影卻從天而降，落在他們身前，掀起一陣塵煙。

隨著煙霧散去，艾利西逐漸看清這名不速之客的眞面目。

那是一位白騎士，正確地來說是白騎士NPC。他身著月牙白盔甲，手持巨大的長劍，身形硬是比其他守衛NPC高了幾吋，裝備也比那些NPC來得精緻。

「小心！」伊絲莉出聲提醒，艾利西連忙跳開，下一秒長劍就朝兩人中間砍下。塵土飛揚，白騎士站到了兩人之間，背對著伊絲莉，持劍指向艾利西。

「怎麼，我姊叫你來砍我是嗎？抱歉啊我現在才沒時間——」話還未說完，他冷不防感覺到一股寒意，周遭的白鎧甲NPC不知何時以他為中心圍成一個圓圈，全都伸直了手以長劍指著他。

這些NPC並沒有前進，也沒有攻擊，艾利西一看便明白了意思。這些守衛是不會讓他逃跑的，除非他打贏白騎士BOSS。

「眞是無聊，區區幾個NPC也想阻攔我們。」伊絲莉不屑地說，但她才往前踏出一步，連串猛烈槍聲便向她襲來，隨後是無數魔法攻擊。伊絲莉連忙閃開，怒瞪向攻擊她的元兇，不料來者竟是一群毒蘋果玩家，那些人個個都有六十等以上，且武器精良，絕不是一時能解決的敵手。

「艾利西，快過來！」伊絲莉呼喊，可是艾利西一動便被護衛NPC擋住，而伊絲莉又被毒蘋果的人逼得不得不走。敵方攻勢太猛烈，少了艾利西的幫助，她難以正面壓制對方。

「伊絲莉！」艾利西略顯驚慌地朝她伸出手，伊絲莉也同樣慌張，然而她無法和艾利西會合，只能使用打帶跑的方式與敵方周旋。

黑玫瑰藤蔓形成天然的牢籠，遮住了艾利西的視線，他被迫與NPC守衛待在一起，登時無比心焦。

而他心急如焚，遠在莊園觀看中的某人又何嘗不是？黑帽匠一手持槍，正與白皇后一同觀看直播，他專注地盯著戰況，拳頭忍不住握得死緊。

他明白，他能做的只有待在這裡。他的白玫瑰是朵驕傲的花，敵人越是強大越要開得狂妄豔麗，要是他出手了，反而會折損玫瑰的自尊心。

一旁的莉莉西亞自然把他的樣子看在眼裡，白皇后發出銀鈴般的清脆笑聲，開口揶揄：「看樣子你眞的很喜歡他。」

帽犯成性沉默以對。

「你跟著我是對的，因爲我比你更了解曦曦，可以讓你看到他不爲人知的一面。雖然我們不常聯絡，我對他還是很了解的。」

帽犯成性看向她，凝神注視。

「那妳可知道他的腰上有傷疤？」

「傷疤？」莉莉西亞微微一愣。「他的腰上有傷疤？等等，你爲何會知道他腰上有疤？」

帽犯成性默默將目光轉回直播畫面。

畫面中，艾利西已經進入戰鬥狀態，由於伊絲莉有活動時間限制，因此他必須速戰速決。他斂了神色，發動辨識技能，面前的白騎士BOSS足足有六十等，要不是親眼目睹，他很難想像棋盤城居然有六十等的守衛。

只有國王與皇后階層的領主才能夠培養守衛NPC，而培養守衛相當耗費金錢和資源，伊絲莉的領地也有幾名，但等級最高的才四十等，且總共不過十多名；可莉莉西亞的領地卻有五十名以上的守衛NPC，甚至還有六十等的BOSS級守衛，陣容之豪華堪稱棋盤城之冠，連白國王領地都比不上。

能驅使一個六十等NPC為自己戰鬥可說是非常威風，這名守衛想必是莉莉西亞精心培育的王牌。

白騎士BOSS雙手持劍，正氣凜然地站在猶如群魔亂舞的黑玫瑰藤蔓之中，抬步向艾利西攻去，艾利西向下一蹲閃了開來，立刻在腦中搜尋關於白騎士的資訊。

白騎士與紅心騎士不同，完全以攻擊技能為主，通常並未配備盾牌，攻擊即是防禦。這個職業基本上分成兩大路線，巨劍與長劍，巨劍攻速慢、破壞力強；長劍攻速快、破壞力較低。

艾利西才閃了一次，便察覺到這名白騎士BOSS的速度之快，他隨意與對方過了幾招，每當他太過接近其他圍在一旁的守衛NPC時，那些守衛就會將他打回戰場中心。

他的手上冒出數種不同的刀刃，白騎士的劍招固然靈活流暢，但艾利西也姿態輕盈地一一躲避，並看準對方出招的空檔，朝鎧甲縫隙射出一把把銳利的刀。縱使攻擊力不強，不過射中弱點部位便能提高傷害。他明白自己無法像帽犯成性一樣一口氣大幅削減敵人血量，只能採取這種方式應敵，而在射出刀刃的同時，他也不忘往地上丟一堆亂七八糟的彈藥，例如刺蝟、樹膠、香蕉皮等，想盡辦法阻礙白騎士的行動。

白騎士BOSS的血量不斷下降，反觀艾利西到目前為止還沒被打中過一次，他的戰鬥姿態讓各地觀戰的玩家們情緒高昂，所有人都透過實況關注著。

茶會森林內，一群柴郡貓聚集在酒館裡觀看直播，現場氣氛像是在看運動賽事一般熱鬧。

「幹得好，不愧是長時間跟我們鬼混的小白愛麗絲！目標是全程無傷！上啊！」貓不笑興奮地揮拳，其他柴郡貓也吆喝出聲。

「打爆那個白騎士！」

「跟大神比起來，白騎士BOSS什麼的只是小菜一碟！」

「十分鐘。」貓膩悠悠表示。

「好極了，貓膩說照這個勢頭，他十分鐘就能拿下這個BOSS！」貓不笑代爲翻譯，整座酒館歡聲雷動，全都在爲艾利西加油。

紅心城市集內，所有擺攤的玩家連攤位都不顧了，全聚集在轉播螢幕前。

「艾利西不是玩輔助的嗎？怎麼單挑BOSS好像也沒什麼壓力？」

「那彈藥是在我們這買的，錯不了！那種彈藥只有我們有在賣！」

「聽你在說屁話，那本彈藥技能書我們也有啊！」

「與其花費心力養BOSS，還不如一開始就把弟弟拉入毒蘋果。」一名身背長杖、披著酒紅色斗篷的青年站在人群後方，喋喋不休地批評。「毒蘋果女神眞不會做生意，換成是我的話，絕對會早早把艾利西拉進毒蘋果，不用花多少資源還附贈一個帽犯成性，養那破守衛只虧不賺。」

「是這樣嗎？我看依你的個性，要是能玩守衛養成系統，肯定會砸大筆錢進去。」站在他身旁的睡鼠青年呵呵笑著。

「唉……」一名白兔玩家回頭望了一眼，忍不住輕聲嘆息，將目光再度轉回轉播螢幕，祈禱似的低喃：「加油啊，艾利西。」

此時銀光一閃，長劍刺來，艾利西向上一跳避開攻擊，隨後足尖輕落在白騎士伸直的劍身上。

他居高臨下地俯視白騎士，兩手變出了龍蝦，露出燦爛的笑容。

「我男神還在前方等我，別礙我路。」

語畢，他兩手交叉一扔，兩隻龍蝦同時砸在白騎士頭上炸了開來，霎時橘紅色火光與塵土飛揚，掩蓋住兩人的身影。

待塵煙散去，場中只剩一人仍佇立著。

白騎士BOSS倒在丟石愛麗絲的腳下，而愛麗絲本人除了MP扣了不少以外，血量一滴也沒減。

【世界】鬃毛騎士：無傷啊啊啊！那個丟石愛麗絲打贏比他高等的BOSS了，不但贏了還零損血！我是說眞的，因爲我人就在旁邊觀戰，用辨識技能看到了，那個愛麗絲的血量還是滿的！

【世界】黃金開口笑：好可怕，他的動作眞的太靈活了，BOSS怎麼打都打不到！太強了吧？

【世界】貓不笑：那當然啊，這傢伙跟我們在樹上亂竄過招了多少次，身旁還有幾個高手，要不強也很難。

【世界】六月雪：這其中肯定有愛的力量加持！

在世界頻道被瘋狂洗版時，艾利西已經準備去找伊絲莉。他舉起龍蝦，本想殺出一條血路，沒想到周圍的守衛NPC在他打贏BOSS後，全都放下了武器，讓了路出來。

「咦？不打了嗎？」艾利西搔了搔頭，有些困惑。忽然，他的面前彈出一個密語視窗，看到上面的訊息，艾利西的臉色頓時變得慘白。

【密語】夜夜笙歌：沒時間了，快去伊絲莉那裡，白國王與她正面衝突了！

白國王！

這傢伙強不強，艾利西不知道，可他知道梅萊目前是不死之身，只要沒打倒白皇后，白國王的血量就不會降。再者，白國王是不可能孤軍奮戰的，畢竟他可是毒蘋果公會的會長。

開來，而他的攻擊對象也因此墜落。

「艾利西！」

伊絲莉驚恐地望向落在包圍圈外的艾利西，方才始終沒被白騎士BOSS打掉半滴血的他，一遇上梅萊這個白騎士卻立即受了傷。

他從地上爬起來，震驚地盯著梅萊。除了帽犯成性，這還是第一次有人能如此精準地捕捉到他，這讓他意識到，這位白騎士或許不算大神，不過身爲菁英公會的領導者，實力仍肯定差不到哪去。

「莉莉一直提醒我必須注意你，她要我在你趕過來之前把事情辦成，想不到你這麼快就解決守衛，眞是失策。」梅萊說完，對在場的毒蘋果成員們下令：「捉住黑皇后，至於艾利西就直接送回重生點。」

「等等！你們想對伊絲莉做什麼？」艾利西最害怕的事終究發生了。

他就知道，這場戰爭絕不是把對方打倒便能了事，他完全不明白毒蘋果爲何要留伊絲莉一命，心急之下什麼都顧不上，爬起來就要往伊絲莉那裡衝，不過梅萊早有準備，劍鋒一轉朝他刺來——

血花從艾利西身上綻開，他退了一步，反射性摀著自己被刺中的地方，接著整個人僵住了。

他眼睛瞪得老大，緩緩扭頭去看傷口所在處。因爲閃躲的動作，他的腰側被長劍劃出一道血痕，鮮紅的血液汨汨而流，染紅了摀著傷口的手。

這一刻，笑容徹底從他的臉上消失。

恐懼、驚慌等負面情緒迅速湧上，他就像一朵被踐踏的玫瑰，原先開得有多狂妄豔麗，被踐踏時就有多落魄狼狽。

這副表情自然落入了帽犯成性眼裡，他睜圓雙眼，只見艾利西失去了平時的餘裕，本該閃過的攻擊沒注意到，本該擊中的目標偏了十萬八千里，他被毒蘋果的成員們痛毆，最後體力不支跪坐在地，被梅萊拿劍尖指著。

「艾利西！」伊絲莉嚇壞了，她奮不顧身地想去救艾利西，無奈敵人太多，她被死死壓制住，只能眼睜睜看著艾利西被打到剩最後一滴血。她泫然欲泣，絕望地朝艾利西伸出了手。「放開我！別打了！你們沒發現他不對勁嗎！」

艾利西仰頭望著站在他面前的梅萊，目光又飄向在他身後的伊絲莉，呼吸越發急促，像是見到了什麼令他極為恐懼的事物。

他感覺整個世界都在晃動，視線模糊起來。

一個視窗在他面前彈出，是系統警告。當遊戲玩家的身體或精神狀況處於危險狀態時，系統便會發出警告，若情況再繼續惡化，就會遭到強制斷線。

艾利西雖然想鎮定下來，然而不該疼痛的腰側卻隱隱作痛著，呼吸也無法恢復正常的頻率。

「艾利西！」另一頭的帽犯成性終於失去冷靜，他從未看過艾利西這個樣子。

無論被他摧殘多少次，艾利西都不曾流露出一絲一毫畏懼，可如今這份情緒卻盡顯於色。梅萊不了解艾利西，自然不知道這有多反常，甚至沒注意到艾利西面前的視窗是來自系統的警告。

「叫那廢物給我住手！」他扭頭對莉莉西亞大吼，利劍入體的聲音卻傳進耳中。他看見艾利西被梅萊刺穿腹部，臉上神情無比恐懼。

當年的記憶如海嘯一般襲捲而來，令艾利西在記憶的浪濤中載浮載沉。即將溺斃之際，腦海中忽然浮現一道身影，他頓時像是發現浮木般，拚了命地將手伸過去。

還沒來得及抓到那個人，他的眼前一花，被系統強制斷線，落進了無盡的黑暗。

Chapter 9 窺見眞正的愛麗絲的帽匠

其實，不知天高地厚很容易踢到鐵板這點，他早就曉得了。因爲他曾親身經歷過一次。

他從小就是個調皮的孩子，不曾懼怕過什麼，即使挨罵挨罰，也總是嘻嘻哈哈的。天眞的他從沒想過人心可以有多險惡，於是當發現自己的姊姊被人欺侮後，便理所當然地找對方理論去了。

可這世上不是每個人都跟他的黑桃二先生一樣，在凶惡的外表下藏著一顆善良的心；也不是所有人都跟周遭的大人一樣，能夠溫柔地包容他。

初生之犢不畏虎，而這樣的他不幸地因此見識到地獄。

「你知道你姊姊是個怎樣的人嗎？」當時，其中一個比他大好幾歲的男高中生坐在課桌上，笑咪咪地問跪坐在地的他。

「她是個賤人喔，眞搞不懂爲何其他人都被蒙在鼓裡。」站在他身後的女高中生語氣刻薄。

「她才不是！你們不要亂說！」

「這本來就是事實啊，你儘管相信她吧，反正她人這麼賤，總有一天會被揭穿的。說起來，你會被我們如此對待，不也是她害的嗎？難道你心中就沒有一點怨恨？」

聽著周遭那些人哄堂大笑，他的心頓時一涼。

雖然一切都是他自找的，可是他心裡真的沒有任何怨懟嗎？

「如果你不恨她，那我們來幫你一把吧，嘻嘻。要記住，你今天會遇到這種事，全都是她的錯喔。」

眼前的高中生們嘻皮笑臉地朝他伸出手，令他有生以來打從心底感到萬分恐懼。

「不要不要不要！你們走開！放我走！拜託，我錯了，放我走——」

從床上驚醒，江牧曦愣了許久才發覺自己已經回到現實，於是緩緩拿下VR頭盔。

全身冒著冷汗，心臟劇烈跳動不停，他坐起身，摀住胸口深吸幾口氣，讓自己慢慢平靜下來。他的狀況已經比剛才好多了，但一隻手仍微微顫抖著。

就在此時，手機鈴聲忽然大作，他再度嚇了一跳。

下意識拿過手機，目光落到螢幕上，江牧曦瞪大眼睛，手機從顫抖的手中滑落，同時指尖意外滑過了通話鍵，熟悉的聲音在黑暗的房間中響起。

「牧曦？」打電話給他的人自然是范子逸。他的語氣焦躁不已，簡直像要崩潰了似的。「回我話，牧曦。你還好嗎？」

與夢境中那些人截然不同的口吻把江牧曦拉回現實，他死死咬住下唇，努力平復自己過於激動的情緒，在范子逸被他的沉默逼瘋前回話：「我好得很，不用擔心啦哈哈。倒是你，怎麼在這種時候下線？太不應該了。」

說到最後，他幾乎是又哭又笑的，既因爲這個人的出現而難過得想落淚，也因爲這個人的出現而欣喜無比。

「你有資格說我嗎？遊戲玩到被系統強制斷線是怎麼回事？那個梅萊讓你想起什麼了嗎？」

「我……」江牧曦被問得說不出話。他有些慶幸對方此刻不在身邊，否則若對上那執著的目光，他肯定招架不住。

「不要退縮。你對我說過，『你是個怎樣的人，我一直看在眼裡』。」他聽見范子逸吸了口氣，沉聲說道：「我也是，牧曦。你就是你，不管是遊戲中的你還是現實裡的你，我都能接受。再說了，我一開始對你的印象就差到不行，難道還能更差嗎？」

江牧曦一愣，隨即忍不住低下頭，掩住了自己的臉。

他明白經過方才那個突發事件，自己的軟弱是隱藏不住了，那是他最不想被范子逸得知的一面，卻在最糟的情況下暴露。

然而，范子逸卻對他伸出了手。

他看見了他的恐懼，聽見了他無聲的求救，朝他伸出了援手。

「……子逸，等這場戰爭結束，我能跟你要一個獎勵嗎？」

「你打贏，我就給。」范子逸完全不問是什麼，直接了當地回。

這個回答讓江牧曦笑了。

他深吸一口氣，鼓起勇氣開口。「自從我父母離婚後，我就再也沒有見過姊姊與爸爸，直到我國中時，偶然在街上與姊姊相遇。那時姊姊的模樣非常狼狽，她不願對我說明原因，不過我知道她被霸凌了，理由我不太確定，聽說好像是她搶了別人的男友。」

他當時根本不相信，但如今……雖然不管事情眞相究竟如何，他也不想再去追究。

「我很生氣，打聽到欺負姊姊的人後，沒有多加考慮就上門找對方算帳去了。沒想到，對方有幾個高年級的學長當靠山……」說到這裡，他停了下來，范子逸沒有出聲，只是靜靜等著他繼續說。

良久，江牧曦艱難地再度啟齒：「我和那些人打了一架，可我是第一次跟人打架，對手又都大我好幾歲，因此結果當然是被痛毆一頓，我毫無還手之力，有生以來第一次深刻體會到什麼叫絕望與無助。那時有個學長拿斷成兩截的木棍攻擊我，我腰上的傷就是被木棍斷面的尖角劃傷的。後來鬧得太大，有路人報警了，我才終於得救，等回過神時已經躺在醫院了。我媽非常生氣難過，一面罵我一面哭著要我別再犯……於是我放棄了爲姊姊報仇，也是從此才明白，世上有些事不是有一顆無畏的心就能解決。那些人說了很多姊姊的壞話，還說我會被他們打都是因爲姊姊的錯，厚顏無恥地把責任推給她。我知道這一切全是我自作主張惹的禍，所以沒有告訴姊姊。決定這麼做的是我，打人的是他們，我很努力地說服自己……」

他哽咽得無法再說下去。

不久，范子逸打破了沉默。「你這種個性，到現在一樣沒改。」

他的態度一如既往的無情，江牧曦一聽就明白他是暗指茶會森林的事。但不知爲何，聽他這樣損人，江牧曦感覺心情好了點。

責罵也好、安慰也罷，江牧曦只是想與人分享這段過往，至少能讓心中的痛苦減輕一些。

「我就是這樣的個性啊，你很早就知道了不是嗎？」他的聲音終於透出一點笑意。

「可是啊，子逸，我感覺自己的內心終究還是對姊姊產生了芥蒂。當我踏入棋盤城，看見棋盤城充斥霸凌的現象，而姊姊待在這個環境中，依然若無其事地對我微笑時……當年那些高中生對我說過的話瞬間又浮現在腦海。我很愛我的家人，卻還是忍不住懷疑起姊姊……」說到這裡，他的語氣越發苦澀。

也許當年他其實把那些高中生說的話都聽進了心裡，只是一直在欺騙自己罷了。

他恨透了對他說謊的爸爸，恨透了做出壞事害他受牽連的姊姊，恨透了遇上惡霸卻毫無反抗能力的自己。

然而《愛麗絲Online》讓他做了一個感覺自己什麼都辦得到的夢，在這裡，他可以不計後果去挑戰強敵，可以逃避現實的不堪，僞裝成無所畏懼的人。

「我不懂……事情到底是從何時開始失去控制的？我們原本是很幸福的家庭，爲什麼後來統統變調了？」江牧曦低聲喃喃。

「子逸，我是個沒用的人。我想拯救當年那個絕望而痛苦的自己，但是我卻做不到。我想說服自己，想相信自己已經強大到無所不能，也想告訴自己若再有類似的事發生，我不會再輸，不過顯然成效不彰，哈哈……」

頭一看，是蘭斯洛特。

「這裡交給我，快滾！」蘭斯洛特氣急敗壞地指向通往白皇后莊園的路徑。「我在這裡等莉莉，你們負責給我把莉莉送過來！」

「那就拜託你了。」聞言，艾利西放心了。蘭斯洛特絕對會竭盡所能保護莉莉西亞，若是莉莉西亞被打回重生點，拜託他照看絕對沒問題。

「夜夜，我需要你，跟我來好嗎？」此刻莊園裡肯定聚集了許多毒蘋果公會成員，憑他一人很難順利闖入莉莉西亞的所在處。他不求打敗那些人，但必須制住那些人，因此擅長控場的夜夜笙歌是最好的隊友選擇。

「沒問題，走吧。」夜夜笙歌瞄了蘭斯洛特一眼，語氣輕快。「也要趕緊把我們的皇后帶回來。」

艾利西點點頭，臨走前不忘回頭對蘭斯洛特交代一句：「蘭斯洛特，那這裡就交給你了！我錯怪你了，下次我會在姊姊面前說你好話的！」

「閉嘴，快滾！」

「姊姊跟伊絲莉目前待在一起，白國王在附近守著。」艾利西一路狂奔，途中順手打開地圖查看目前局勢，伊絲莉與莉莉西亞的座標距離極近，而白國王和她們之間隔了幾十公尺，這讓艾利西感覺應該有機會。「不曉得我們能不能神不知鬼不覺——」

說著，他突然察覺天色開始暗下。

天空彷彿被施了魔法，落日餘暉與彩霞飛快地移動、消散，不出幾分鐘，黑暗降臨了整個棋盤城。見狀，艾利西忍不住興奮地歡呼：「天助我也！夜夜你看到了嗎！夜晚來臨了，我們的舞臺來了！」

「不錯，來施展我們的拿手好戲吧。」夜夜笙歌笑著拉上兜帽，與艾利西一同躍上屋頂奔馳起來。

艾利西化爲小愛麗絲，撐開紅鶴傘落到夜夜笙歌肩上，而夜夜笙歌則吐出灰色煙霧，遮掩他們的身形。

「你剛才眞的沒事嗎，艾利西？我玩這個遊戲這麼久，可從沒聽說有人網路連線不穩斷線的。」

「啊哈哈，果然還是瞞不過夜夜。」艾利西乾笑幾聲，望向遠方。「已經沒事了，如果在夢中世界還是跟現實裡一樣遜，那可就說不過去了。」

「玩遊戲當然就是要去做現實生活做不到的事，這樣才有趣。」夜夜笙歌笑著說。「艾利西，我知道你在這場戰爭裡遇到困難的抉擇，不過你只要依循本心，做你想做的就可以了。這裡不僅是大家的夢中世界，也是你的夢中世界。」

他輕盈地落在某戶人家的煙囱上，再度吐出煙霧，無聲無息地踏入了煙幕中。

「白皇后和黑皇后也都在這個世界盡情扮演她們理想的樣子，一個是人人追捧的女神，一個是人人景仰的英雄。行惡也好，行善也罷，盡情作一場美夢就對了。正因如此，這個世界才能多采多姿，畢竟所有人都拋開了包袱，不是嗎？」

伊絲莉奮力掙扎了一會兒，在確認自己無法掙脫後，立刻將怒氣發洩到不遠處哼著歌的白衣女子身上。

「妳到底有什麼毛病！要殺就殺，把我綁來這想幹麼？」伊絲莉高聲怒斥，顯然恨不得把莉莉西亞大卸八塊。

「我在等曦曦啊。」莉莉西亞溫婉一笑，瞄了眼站在另一邊沉默不語的帽犯成性。「我們的黑桃二先生都說了，曦曦會來的，當然要精心招待他，對不對？」

「神經病！你們沒看到他剛剛的樣子嗎？我認識的艾利西才不是會露出那種表情的人，都是妳！妳一直在強迫和爲難他，他才不是妳的東西，有妳這種姊姊眞是可悲！」

伊絲莉吐出這句話後，莉莉西亞的笑容僵了。

她緩步走到伊絲莉面前，抬起黑衣少女的下巴。

「我啊，最喜歡妳這種自視甚高的女孩子了。」她神情慈愛，有如對待貓兒一般輕輕搔著伊絲莉的下巴，搔得她毛骨悚然。「因爲這樣摧毀起來才有快感嘛，不然妳以爲我爲什麼要綁架妳呢？其中一個原因就是妳還沒向我認輸啊。如果妳沒有露出屈辱的表情，或者哭著向我投降，遊戲怎麼能結束呢？」

聞言，帽犯成性嫌惡地往旁邊跨了一步，伊絲莉則睜大雙眼，嚇得啞口無言。

在場最震驚的人莫過於艾利西了，這番黑得發亮的發言讓他差點抓不緊紅鶴。他的內心有無數問號與驚嘆號，完全不明白自己的姊姊爲何會變成這樣。

「妳很喜歡當英雄的感覺對吧？」莉莉西亞伸手捧住黑衣少女的臉頰，強迫伊絲莉與她對視。「爲了被壓迫的黑陣營玩家挺身而出，眞是太令人欽佩了。妳說說，這裡還有這麼多座位，要不要邀請妳的同伴們來呢？得先好好吃一頓，才有力氣被千刀萬剮對不對？掉個十級妳說好不好？」

「住口！妳這變態！瘋子！要殺人就衝著我來，是我掀起了戰爭，跟他們無關！」

「要衝著妳去也可以喔，只要妳向我下跪認輸，並且發誓不會再跟曦曦往來，我就放過他們。妳不認輸的話，我心裡會有個疙瘩在，爲了消除這個疙瘩，在戰爭結束後，我就得砸了所有黑陣營的店家，逼得他們活不了才行。」

「妳——妳——」伊絲莉氣到說不出話，在上方盤旋的艾利西也聽不下去了。他恢復成原本大小，朝伊絲莉擲出幾把飛刀。

飛刀劃過伊絲莉身上的藤蔓，她睜大眼睛，趁機用盡全力掙扎，擺脫了藤蔓從椅子上滾下來，抓住躺在地面的紅鶴。

在她從地上彈起來時，艾利西也降落在她旁邊，他立刻將伊絲莉護在身後，驚魂未定地看向莉莉西亞。「姊，妳有必要這樣嗎？伊絲莉到底哪裡惹著妳了？」

見艾利西如此自然地護著伊絲莉，莉莉西亞的神色陰暗了幾分。就在此時，帽犯成性也站到她身側，舉槍對準了艾利西。

明明被槍指著，一看到那堅定的眸光，艾利西的內心卻逐漸平靜下來。

說好的，要來到他面前並打敗他，可不能在這輸掉。

「黑桃二，你眞的打算跟我們敵對？你不是站在艾利西這邊的嗎？」見帽犯成性一副鐵了心要攻擊艾利西的樣子，伊絲莉忍不住質問。

照艾利西當初的說法，她還以爲等艾利西來到白皇后面前，帽犯成性就會窩裡反，想不到對方居然打算把反派當到底。

帽犯成性還沒開口，艾利西便率先發話：「沒事沒事，我們本來就是這種關係。對吧，帽犯？」

「早就想打死這傢伙了，對付這種人就是要往死裡打。」帽犯成性將槍上膛，冷冷地回應。

他們目光交會，氣氛卻不像茶會森林那次那麼劍拔弩張，這一回，他們都知道彼此想要的是什麼。

白皇后微笑著看向自家騎士，心想：你剛才見到我弟弟被圍毆到斷線，一秒就跟著下線去了，你確定這叫往死裡打？

黑皇后納悶地看向自家騎士，心道：那你之前大半時間都和你家大神在亡命天涯是什麼意思？這叫敵對關係？

雖然搞不清楚這兩人到底是怎麼回事，不過看樣子他們是認真的，既然是認真的，那她們也無意追究，因爲比起這個，兩位皇后已經想幹架很久了。

「妳這瘋子，我本來還顧慮妳是艾利西的姊姊，想對妳客氣一點，但妳根本有病。棋盤城也好，艾利西也罷，我都絕不會交給妳，也不可能向妳認輸，滾回現實作妳的美夢吧！」

莉莉西亞露出燦笑。

「上一個跟我說絕不會把江家男人交給我的人，才是已經滾到天邊去了喔。」

說不清是由誰先開始的，總之兩方人馬很快開戰了。

伊絲莉將紅鶴當成長劍，朝莉莉西亞刺去，卻被帽犯成性揮槍格擋開。他目露凶光，徒手抓住紅鶴的頸子，連鶴帶人扯過來將槍口對準伊絲莉的腦門。

千鈞一髮之際，艾利西砸出龍蝦引起爆炸，並順勢帶著伊絲莉後退，與帽犯成性拉開一段距離。

伊絲莉一時沒有回過神來，要知道，紅鶴愛麗絲在近戰上相當強大，然而作爲遠攻職業，帽犯成性的近戰能力竟絲毫不遜於她。

「妳小心，我男神天生就是打架高手，一堆人都不是他的對手。」艾利西相當自豪。「與他保持一公尺左右的距離，別靠太近。」

艾利西才說完，帽犯成性便瞄準了他，二話不說開槍射擊。艾利西不知死在帽犯成性的槍下多少次了，因此在被打中前就迅速化爲小愛麗絲，隨即又變回原本大小朝帽犯成性扔去菜刀，卻被輕鬆射落。

「你說過，不管我扔什麼彈藥你都接得住。」艾利西笑著退了一步，懷中突然冒出大量龍蝦。「那這樣如何呢？」

語畢，他將所有龍蝦向上一拋，一道黑色影子飛奔而出揮舞紅鶴，龍蝦如彈雨般朝帽犯成性與莉莉西亞射去。

帽犯成性眼神一凜，登時整座大廳槍聲大作，黑色帽匠與白色皇后的身影被火光所掩，場中塵煙瀰漫。

伊絲莉沒耐心等到煙霧散去，她撐開紅鶴的翅膀，像是揮扇子般用力一甩，強風頓時襲捲而出。

然後，他們看到一道半透明的白色障壁。

白皇后手持法杖，帶著聖母般的溫柔微笑立於障壁內，帽犯成性則毫髮無傷地待在她身旁。

「多事。」帽犯成性不耐煩地嘖了一聲，他不認爲自己無法擋住這波攻擊。

「總不能讓那個紅鶴大神認爲我只是花瓶，是不是？」莉莉西亞身姿優雅地揮舞法杖，魔法陣浮現在她的腳下。她髮絲飛揚，一道道聖光以她爲中心擴散，使她整個人顯得聖潔無比。

這邊的激戰引起了毒蘋果成員們的注意，在莉莉西亞建立起屏障後，他們紛紛趕到，一看見艾利西與伊絲莉便立即舉起武器。

「你怎麼又出現了？」梅萊不敢置信地望著艾利西。「就憑你剛才那副樣子，還有臉再回來？」

「當然啊，我不會這麼輕易放棄的。」艾利西雙手背在身後，一派輕鬆地笑著回應。

「你們先等等。」莉莉西亞背對著眾人，抬起一隻手制止他們。她目光緊盯伊絲莉，擺出故作堅強的模樣。「別插手好嗎？莉莉想趁這個機會證明自己，讓那個紅鶴大神不要再瞧不起莉莉。拜託你們了。」

「我啥時說過瞧不起妳？妳這個做作女，打從第一次見面就看妳不爽了，什麼跟什麼啊！有種單挑啊！」伊絲莉實在氣不過，不禁脫口罵道，然而馬上招來噓聲。

「讓白皇后跟妳單挑，要不要臉！」

「妳一個擅長戰鬥的大神跟補師單挑公平嗎！」

被周遭的毒蘋果成員們一酸，伊絲莉頓時漲紅了臉，又氣又羞惱，簡直快要七竅生煙。就在此時，艾利西將手放到她的頭上。

「好啦，不管妳說什麼那些人都要嗆妳的，平常心平常心。妳看我這麼常被嗆，還不是一樣活得好好的？還順帶拐了一個大神。」

「哪一個？」帽犯成性的語氣相當冰冷。

艾利西笑嘻嘻地回：「當然是我正在打的那個啊。」

「曦曦，這樣不行喔。」莉莉西亞語氣柔和。「戰鬥中用甜言蜜語勾引對手是犯規的。」

「妳有資格說別人嗎？」伊絲莉回敬。她對莉莉西亞越看越有氣，但經艾利西這麼一說，她也明白自己該冷靜下來，先打贏這場戰鬥才是最重要的。

而艾利西調侃歸調侃，心態其實相當認眞。眼前的白皇后與帽匠，既是他在這世界最割捨不下的兩人，也是他的心魔。

截至目前，他人生中所遭遇過最殘酷的事，起因便是莉莉西亞。不過也由於發生過那件事，他才會對帽犯成性如此著迷。

一開始他眞的只是想打倒這個人而已，然而不知不覺間，這個人逐漸成爲他的心靈支柱，既是他的歸屬，也是他必須跨越的難關。

唯有戰勝帽犯成性，他才能相信自己絕不會再像過去一樣受人欺凌。

「正因爲我了解你，所以我很清楚，若不把你打敗，白皇后是絕對殺不死的。」艾利西再度變出龍蝦，瞄準了帽犯成性。

「做得到就試試看。」帽犯成性冷漠地說，他跟著舉起槍，在艾利西出手前率先扣下板機。

伊絲莉的紅鶴伸翅過來爲艾利西承受了大半攻擊，艾利西趁隙逃到射擊範圍外，左手龍蝦、右手樹膠，先後朝對方扔去，帽犯成性隨手開了兩槍擋下。

然而就在他抵禦艾利西的進攻時，一道黑色身影衝到他身後，準備伸出紅鶴咬住他的手臂。這一瞬間，他猛然回身一踢，硬生生將紅鶴的脖子踹歪到一邊，接著朝伊絲莉開了一槍，亮金色的麻痺彈正中目標。

伊絲莉暗叫不妙，頓時眞正明白了艾利西爲何會說帽犯成性是打架高手。這人在PK中所向披靡不僅僅是因爲射擊技術好，就算沒了槍，他也猶如一頭狼般強悍迅捷。

被麻痺的伊絲莉連中數槍，隨之而來的大絕更將她直接打倒在地。她驚恐地看著槍口對著自己的腦門，此時艾利西朝帽犯成性撲了過去，由於勢頭過猛，他竟把帽犯成性撲倒在了地上。

艾利西從帽犯成性身上爬起來，變出長刀刺去，帽犯成性目光微寒，一手捉住刀刃，一手拿槍瞄準艾利西，但艾利西像是早就預料到一般，握住了槍管令槍口偏離。

「論力氣你贏不過我。」帽犯成性冷冷地說。他抓住長刀的手似乎沒出什麼力，艾利西握住槍管的手卻隱隱顫抖。

「你這人怎麼搞的，玩槍的把技能點在力量上做什麼？」艾利西雖抓得吃力，仍不忘調侃幾句。

「你這小白有資格說我？你說說你花了多少AP在沒用的廢彈藥上？」帽犯成性一使勁，將槍口重新對準艾利西。

「我已經明白你崇拜我的原因了。」他躺在地上，目光如炬注視著艾利西，對艾利西投下一顆震撼彈。

「我既是你的理想，也是你的遺憾，所以我們第一次見面時，你才會盯上我，對吧？」他把槍口挪到艾利西的心口處，肯定地說。

這場棋盤戰爭使艾利西的過去逐漸明朗，透過莉莉西亞的敘述與艾利西在電話中的那番自白，帽犯成性終於理解了爲何艾利西會纏上他，且無論他怎樣惡劣對待都不曾恐懼或哭泣。

當年那場尋仇意外，肯定也在艾利西心裡刻下了一道深深的傷痕。

那時艾利西想必十分恐懼，甚至痛哭求饒過，可是那群惡霸並沒有住手，依舊把他往死裡打。從此，當再次面對類似的威脅時，他便選擇不再流露出絲毫軟弱。

而帽犯成性在競技場上以冷血著稱，從不對任何人手下留情，於是艾利西找上了他，想要彌補當年沒能戰勝對手的遺憾。

同時，艾利西也仰慕他的強大，想成為跟他一樣所向披靡的人。

所以艾利西始終追在他身後，口口聲聲說著要打敗他，如此複雜的情感交織在一起，令人摸不著頭腦。

因此，帽犯成性知道自己絕不能手下留情，唯有認真戰上一場，艾利西才能解開心結，回到他身邊。

「我一直很擔心會被你看透，結果終究逃不過你的法眼。」艾利西握住指向自己的槍管，笑著看他。「你生氣了嗎？被我纏上完全是無妄之災。那件事和你毫無關係，我卻擅自把你當成假想敵，單方面地糾纏你。」

「我無所謂，如今就算你想放棄，我也不會讓你走。」

艾利西對上那執著的眸光。

多年前，那些人也說過類似的話。無論他多麼想逃走，那幾個學長仍嘻嘻哈哈地把他拖回去繼續打。

如今，不讓他走的人換成帽犯成性，他卻再無一絲恐懼。

這一刻，他終於從惡夢中醒來。

他綻開燦爛的笑容，帽犯成性微微睜大雙眼，扣著板機的手也僵住。艾利西趁機放開槍管向後一跳，退回了伊絲莉身旁。

帽犯成性跟著站了起來，他的神色比方才更加陰沉，似乎是在氣惱自己怎麼會一時分心。

艾利西已經滿血復活，他神采奕奕地拍了拍伊絲莉的肩。「從現在開始配合我，我男神的戰鬥方式我最了解了。」

「這可是你說的。」伊絲莉哼了一聲。雖然平常戰鬥時都是以她爲主、艾利西爲輔，可不得不承認，比起她，艾利西更有辦法對付黑桃二先生。

艾利西在她耳邊低語幾句，隨後往旁走了幾步，目光緊盯著帽犯成性。

「這個技能我一直沒在你面前用過，本來想挑個特別的時機用一下逗你開心，但看來得先破梗了，眞可惜。」

「什麼技能？」帽犯成性警戒地瞇起眼，他記得艾利西的丟石技能已經差不多要滿等了。

在他的注視下，艾利西攤開雙手，眸中一如既往地滿溢著對他的傾慕之情。

然後，整個世界降下了漫天玫瑰花雨。

這美麗的景象讓眾人都看呆了，帽犯成性是第一次見到艾利西使出範圍如此之廣的技能，他不過隨意掃視一圈，回過神來，艾利西便已經消失，只剩下伊絲莉還在那裡。

伊絲莉手持紅鶴刺了過來，帽犯成性嘖了一聲，舉槍反擊，試圖憑藉狂暴的掃射把伊絲莉逼退，同時分神搜尋艾利西的蹤影。

但艾利西哪是那麼容易就能找到的？他的動作如貓一般輕盈、如刺客一般鬼魅，再加上伊絲莉的猛攻，使得帽犯成性不得不認眞應對。

伊絲莉欺身而上，用紅鶴咬住他的槍，帽犯成性神色一凜，站穩了腳步想把槍扯回來。這時，身經百戰的他背後一寒，立刻敏銳地往上看去。

不知何時，玫瑰花雨消失了，取代而之的是無數從天而降的餐刀。帽犯成性奮力抽回自己的槍，卻來不及擋下覆蓋整座大廳的刀雨，一旁觀戰的玩家們也沒想到丟石技能的大絕範圍如此之廣，個個驚叫著逃出了大廳，透過窗戶觀戰。

帽犯成性扭頭望向莉莉西亞，白皇后的法杖撐在地上，身周是一圈半透明光圈，方才的刀雨並未傷及她分毫，卻讓她的表情陰沉了幾分。

「曦曦，你打算玩眞的嗎？沒用的，在我的輔助下，黑桃二先生死不了的。」她舉杖指向帽犯成性，準備發動治癒術，不料伊絲莉比她更快一步，豪邁地直接把自己的紅鶴當成標槍射出，一舉破了防禦擊中莉莉西亞。

莉莉西亞平靜的神色終於崩裂，她跌坐在地，不敢置信地盯著那隻使她血量下滑不少的紅鶴，而艾利西也在此刻現身了。

「姊，抱歉，但我們一定要打敗妳。」他扔下這句話，撿起了紅鶴便溜走。

「沒想到會有這一天是不是？管妳是補師還是萬人迷女神，給我去死就對了。」伊絲莉對自己剛才那一下感到十分得意，她重新抽出一隻紅鶴，一邊應付帽犯成性的猛烈射擊，一邊向莉莉西亞示威。

這話嗆得莉莉西亞拳頭都握緊了，她站了起來，爲自己與帽犯成性再次附加輔助狀態，楚楚可憐的神情蕩然無存；同一時間，艾利西也正在逐步將場地改造成對己方有利的環境。

他在大廳中遊走，時而撒玫瑰花瓣掩護自己，時而變成小愛麗絲，設下滿地障礙。若是在平時，帽犯成性肯定不會讓他有機會亂來，可眼下伊絲莉緊纏著他不放，令他無暇顧及那隻欠揍的小白。

帽犯成性自然不認爲自己會輸給伊絲莉，即使紅鶴愛麗絲既能打近戰也能遠攻又如何？他也是。這場戰鬥的變數始終都是艾利西，艾利西了解他，且擁有絕佳的控場與輔助能力，因此當艾利西反過來成爲敵人時，對帽犯成性而言也特別棘手。

就像現在，爲了閃避伊絲莉的突刺，帽犯成性往旁挪了一步，卻踩中艾利西丟的樹膠。這玩意兒讓他一時定在原地，而艾利西忽然衝進他的視野，將幾隻刺蝟往伊絲莉那扔去。

帽犯成性面色一變，迅速舉槍將被伊絲莉打過來的刺蝟一一擊飛，這時莉莉西亞大喊了一聲「上面」，帽犯成性仰頭一看，發現爲時已晚。

無數龍蝦從天而降，數量之多，饒是帽犯成性也難以招架，更何況他還有一個補師要保護。本來單單只是被艾利西的彈藥碰到還不會怎樣，可是伊絲莉在這裡。

伊絲莉跳了起來，揮舞紅鶴以最快速度將彈藥統統打到帽犯成性身上，而艾利西則在龍蝦雨中衝向莉莉西亞，一把扯過她的法杖，使得莉莉西亞無法發動技能。

話音未落，槍聲猝然響起，血花在他眼前綻開。

艾利西瞪大雙眼，眼睜睜地看著莉莉西亞同樣帶著錯愕的神情，摀住染血的胸口躺倒在地。

「姊！」

Chapter 10 守護愛麗絲的帽匠

艾利西崩潰的呼喊在大廳中迴盪，幾乎是同一時間，系統公告某位玩家殺死了毒蘋果女神。此等陰險之舉讓毒蘋果公會上下暴動起來，成員們紛紛湧入大廳。

「搞什麼！看在女神想要公平競爭的分上，我們才沒有插手，結果你們黑陣營居然搞暗殺！」

「卑鄙無恥！你們完蛋了！」

艾利西什麼都顧不上，他把莉莉西亞摟進懷裡，急得快哭了。「姊，不、不是我……」

莉莉西亞虛弱地看著他，她動了動嘴唇，似乎想說些什麼，然而血量歸零的她不能發話，不出幾秒便化為一團光點消散。

「艾利西！」一道綠色身影從天而降，落在艾利西身旁。「我剛剛有看到那名暗殺者，他待在人群外圍，狙擊完白皇后就立刻跟著幾名白陣營的玩家逃走了。那個ID我有印象，是黑國王領地的玩家。」

來者自然是夜夜笙歌，當他說完話後，隨即感覺到一道銳利的目光，回頭看去正好與帽犯成性四目相接。艾利西完全無心於眼前的修羅場，因為夜夜笙歌的話讓他恍然大悟。他猛地抓住夜夜笙歌的雙臂，慌張地喊：「就是他！黑國王，他才是吹響戰爭號角的人！姊姊知道我跟伊絲莉是朋友，看在我的面子上不可能平白無故找伊絲莉麻煩的！是他唆使待在白陣營的間諜去伊絲莉的領地搗亂，藉此邀她發起戰爭！」

「你說什麼？」伊絲莉人就在旁邊，她的臉色發白、神色驚恐，偏偏現在是最不能分心的時候。艾利西偏頭看向她，隨即睜大眼睛，大喊著她的名字伸出手，然而為時已晚。

一柄長劍穿過她的心口，令伊絲莉所剩不多的血量驟減至零。

「都是妳！還有你！要不是你們，莉莉根本不會落到這般田地！」白國王梅萊抽出長劍，發了瘋似的來回看著倒下的伊絲莉與震驚的艾利西。

「你根本不配做莉莉的弟弟，害她死又讓她哭泣！莉莉是我人生中唯一的救贖，無論是在現實中還是遊戲裡，只有她看得起我，也不會欺騙我！而你呢？她對你這麼好，你給了她什麼？」抓狂的梅萊衝向艾利西，但在艾利西動作之前，一道黑色身影毫不猶豫地把槍當成棍棒，猛力朝梅萊的頭打了下去。

如此暴力的舉動讓周遭的人都嚇傻了，唯有夜夜笙歌不合時宜地心想：原來這傢伙上次揍我時已經有手下留情了嗎？

「你再向他走近一步就殺了你。」帽犯成性來到艾利西身前，惡狠狠地瞪著梅萊。

雖然沒感覺到痛，梅萊仍被粗暴的攻擊還有帽犯成性的表情嚇到了，氣勢頓時減弱不少。他正想罵人，帽犯成性卻搶先一步開口：「你當成女神膜拜的白皇后在我身邊時是什麼樣子，你知道嗎？」

聞言，梅萊一愣，眼神轉爲陰暗。任誰都看得出來，這位白國王相當嫉妒先前充當女神護衛的帽犯成性。

「那女人一直跟我炫耀她有多了解艾利西，說了不少那傢伙小時候的蠢事。」

「哎？」艾利西傻了。

「還炫耀她在現實中交過多少個男友，每任男友都多帥氣多體貼，囉囉嗦嗦的，跟她弟一樣煩人。」

這次換梅萊傻了。

「你以爲她沒男友？以爲她從沒欺騙過你？蠢貨，那女人從頭到尾都沒把你放在眼裡，你不過是填補她空虛的一小塊拼圖罷了。」

「不可能！你少信口開河！你分明是眼紅我的身分，想挑撥離間才這麼說！」

帽犯成性的表情就像在看神經病。「信不信隨你，我實話實說。」

天曉得身爲白皇后護衛的那段日子有多難熬，這些事莉莉西亞肯定憋著很久了，只是一直找不到合適的對象傾訴，結果就找上了帽犯成性，還語帶暗示地讓他特別心煩——

「我的每任男友都溫柔體貼得不得了，絕對沒有不苟言笑又會打人的，沒有人會喜歡老是打人的傢伙喔，你明白的。」

「將來我弟弟要帶對象回家吃飯的話，不只要去他跟媽媽的家，我跟爸爸的家當然也是得來的。」

「如果你保護得好，多幫你說些好話也不是不行喔？」

他被弄得簡直快崩潰了，眾人眼中的女神有多純潔，在他面前就有多機車，所以帽犯成性完全不介意報復一下，把莉莉西亞的言行抖出來讓梅萊知道。反正領主的位子都失守了，再失去梅萊對莉莉西亞來說也不痛不癢。

「你騙我！騙我！莉莉跟那些女人才不同，你等著，我去找莉莉求證，鬼才相信你的話！」梅萊激動地咆哮完，轉身狂奔而去。他這一跑，其他毒蘋果成員都不知所措起來，尤其有些人聽了方才那些話，也跟著晴天霹靂、無所適從。

一片靜寂之中，夜夜笙歌率先打破了沉默。「真令人驚訝，你居然也有用嘴砲逼退人的一天。」

「彼此彼此，沒你厲害。」帽犯成性冷冷回應。

兩人對上目光，艾利西莫名覺得他們之間的火藥味不像之前那麼濃了，前陣子這兩人一見面總是劍拔弩張的，搞到最後乾脆王不見王。

不過，帽犯成性也沒有多看夜夜笙歌幾眼的意思，很快便沒好氣地說：「沒時間廢話了，這傢伙在乎的兩個皇后都在重生點，用最有效率的方法趕過去。」

「最有效率？」艾利西又愣了。

最有效率的方法似乎只有一個，不過帽犯成性向來珍惜經驗值，真的會這麼做嗎？

在他問出口前，帽犯成性已經率先要夜夜笙歌攻擊他，眼中沒有一絲猶豫。當自家大神倒在眼前時，艾利西心頭一熱，有種難以言喻的感受在心底發酵。

「你說的對，艾利西。」夜夜笙歌凝視著帽犯成性，終於不再對這個人抱持偏見。「他是會改變的。」

當艾利西趕到重生點時，他最關心的其中兩人卻不見蹤影。

「伊絲莉！」一看到呆立在那裡的伊絲莉，他立即衝了過去。「怎麼回事？」

「我想問黑國王到底是怎麼一回事，爲此還把白皇后搶過來，要他說清楚講明白。可是那傢伙根本不肯跟我解釋，我們纏鬥一番後，他抓了莉莉西亞跨上坐騎，眨眼就消失了……」伊絲莉仰望著天空，艾利西這才想起黑國王的坐騎是鳳頭鸚鵡，於是不禁恐慌起來。

一般的坐騎還好追，但飛行系坐騎就不同了。除了愛麗絲的滑翔技能，其他職業根本沒有飛行技能，想追上黑國王，除非自己也有飛行系坐騎，否則幾乎不可能。

「混帳！」一聲怒極的咆哮從艾利西身旁傳來，蘭斯洛特氣得整張臉都漲紅了。然而他很有自知之明，與其用他慢到跟烏龜爬似的移動速度去追，不如守在重生點等人還比較實際。什麼也做不了的他望向空中，只能徒勞無功地罵罵咧咧。

「帽犯呢？」艾利西左顧右盼，始終沒找到比他先一步過來的帽犯成性。

「他追上去了。」伊絲莉回答，順帶指了個方向。「對方可是騎著大鳥啊，他沒有任何坐騎，怎麼可能和人家抗衡……」

艾利西忍不住屏息，他頓了一下，道：「可以的。」

不等伊絲莉他們反應，艾利西已經拔腿朝伊絲莉所指的方向奔去。

「可以的，因爲他是帽犯！」

帽犯成性，他的希望。打從一開始在競技場上看到這個人，他就一見鍾情似的，再也無法將目光從對方身上移開。

他隱藏起脆弱的自己，擅自把帽犯成性當成目標，不斷地找這位大神麻煩，藉此偷偷治療自己的傷，而在這份意圖被看穿之後，帽犯成性依舊對他伸出了手，將他從絕望中拉出來。明知他是個軟弱的人，帽犯成性卻沒有因此輕視，反而小心翼翼地守護著他。

他的傷痛以自己從沒想過的方式被治癒，而現在，帽犯成性代替了他，試圖做到當年的他做不到的事，去保護他的姊姊。

「帽犯！姊！」艾利西在夜晚的街道上狂奔，越喊越心慌。他跑到筋疲力竭，卻仍不知道那兩個重要的人身在何處。

他站在路燈旁，就像一艘迷失在暴雨中的孤舟，在這般無助的情況下，他的腦中再度浮現帽犯成性的模樣。

艾利西忍住想哭的衝動，握緊了拳頭，向前踏出一步。

然後，他陡然睜大雙眼。

前方出現了一道黑色身影，對方佇立在街道彼端，屹立不搖的姿態顯得十分強大可靠。艾利西絕不會錯認那個人，而在對方身後還有一道纖細的白色身影。

那個人做到了。

那個人代替他，成功地守護白皇后到最後一刻。

艾利西渾身顫抖起來，他邁步跑去，越跑越快，最後跌跌撞撞地撲到兩人身上。

「姊！帽犯！你們……你們沒事……」他上氣不接下氣，嗓音甚至帶著哭腔，白皇后與黑帽匠都伸手回擁住他。直到情緒逐漸平復後，艾利西才放開他們，來回看了看帽犯成性與莉莉西亞。「你們是怎麼擺脫黑國王的？」

「很簡單，射下來。」帽犯成性言簡意賅地回答。

「而且完全不顧人質安危，差點就要跟著回重生點了。」莉莉西亞忍不住抱怨。

「反正都失去領主身分了，死幾次有差？」帽犯成性瞄她一眼，絲毫沒有憐香惜玉的意思。

「那……黑國王人呢？」其實艾利西大概能猜到後續，既然莉莉西亞在這裡，八成是黑國王墜機後帽犯成性接住了她，而黑國王恐怕凶多吉少。

「太弱，摔下來就掛了。」帽犯成性的語氣過於平靜，彷彿不知道殺了這人就會導致白陣營獲勝。

但是艾利西可清楚了，他的神色登時驚恐起來。

「也就是說，白、白陣營獲勝了？那伊絲莉她——」他扭頭要走，卻被帽犯成性拉住。

「伊絲莉那裡有夜夜笙歌跟蘭斯洛特在，而且那傢伙本身是個大神，沒那麼容易死。」帽犯成性迅速地分析了情況，他凝視著艾利西，嚴肅地說：「艾利西，雖然白陣營獲勝了，不過還有機會挽救。」

他將艾利西拉到一旁，低下頭來，以只有兩人聽得到的音量在艾利西耳邊低語：「其中一方勝利不代表事情就結束了，能眞正終結這場戰爭的關鍵人物是你。」

艾利西呆住了。

「只有你能終結棋盤城的魔王，牧曦。」

莉莉西亞因爲家庭因素而不信任異性，她痛恨背叛，於是以過於偏激的手法防止身邊的異性背叛她。可這世上並不是沒有眞正愛她、關心她的人，例如艾利西就是。因爲在乎她，艾利西才會在棋盤城戰爭中做出這一連串的抉擇。

「你是她的家人，你對莉莉西亞來說是特別的。將你所隱瞞的事情，還有你堅持加入敵對陣營的理由告訴她。她不相信這個世界，但她相信你。去拯救白皇后，然後讓她回頭收拾自己犯下的過錯。」

艾利西聽得一愣一愣，一想到自己得坦白一切，他又忍不住猶豫起來。

「眞出了什麼差錯，還有我在。」

聞言，艾利西垂下肩膀，緩緩深吸一口氣，點了點頭。

他轉過身，面向莉莉西亞。

「姊，有些事我必須跟妳說……」

就這樣，當整個棋盤城陷入暴動時，在白皇后領地的一角，艾利西終於將當年的遭遇向莉莉西亞全盤托出。

雖然那段回憶無比痛苦，他還是硬著頭皮說下去，說到越後面，莉莉西亞的表情便越凝重。

最後，莉莉西亞哭了。

「你怎麼不告訴我呢？在做決定之前爲何不先跟我商量？」

她在現實裡看盡了謊言，卻在夢中發現了眞實。

如果能夠早幾年得知，她肯定不會走到這一步。

「牧曦，我是個壞人沒錯，還壞到了骨子裡。我想讓周遭所有異性都只注視我一個人、讓周遭的人都不背叛我，所以做了許多過分的事。這樣的我很瘋狂，對吧？」莉莉西亞悲傷地笑著說。「明明因爲我，你才會遇上那種事，我還要求你站在我這邊，眼睜睜看著那些人和當年的你一樣被欺負。」

「對不起，讓你如此痛苦。我做了這麼多壞事，要回到以前的樣子已經很難了……但如果能稍微彌補曾經的過錯……那麼我會想辦法把一切扭回原本的樣子。」

她緩步走向重生點所在處，艾利西與帽犯成性跟隨其後。

當他們重新現身於戰場上時，莉莉西亞立刻運用自身魅力控制住了白陣營玩家，並要求毒蘋果的成員們回公會本部集合。

「從現在開始，誰敢對其他黑陣營玩家，尤其是黑陣營的主要幹部出手，我們毒蘋果不會輕饒，希望大家自律。」她嚴肅地說完，又在世界頻道上宣告了一次。

女神本人都這麼表示了，毒蘋果公會上下肯定會跟著照辦，而且會跟以前一樣去找那些不聽話的玩家麻煩，很快就沒有人會想造反了。

「雖然我是不討厭妳這麼做，但妳也洗心革面得太快了吧？就算這樣，我也不會因此對妳有好印象的，妳綁架我的事我可不會忘。」伊絲莉站在她旁邊，沒好氣地說。

「我對討好一個小女孩也沒有興趣。」莉莉西亞優雅地一笑。

「妳說誰是小女孩？我已經成年了好嗎！」

「曦曦說過妳才十七歲。」

「什——艾利西！」伊絲莉氣急敗壞地扭頭想質問艾利西。四周都是人，卻偏偏不見艾利西的身影，這讓她愣了。「艾利西人呢？」

「在確認妳跟我都能夠平安無事後，他就跟著黑桃二先生神隱了。」莉莉西亞一臉了然。「讓他們去吧，他們期待這一刻很久了。」

此時，艾利西和帽犯成性遠離了鬧區，正往人煙稀少的地方走去，最後來到空無一人的巷弄裡。

「終於結束了。」

「嗯。」

艾利西難得在跟帽犯成性獨處時覺得緊張，想說的話太多，他一時間反而不知該說什麼。

想來想去，他決定還是先讓氣氛輕鬆一點，開始講些不著邊際的話題：「你當初不告而別真是嚇到我了！要去我姊那好歹也跟我說一下嘛，不過是去了你家，隔天你居然就投奔白陣營了嗚嗚，我好擔心毒蘋果還有我姊都被你嚇壞，大神你要不嚇人太困難了……」

結果一打開話匣子他就說個不停，還越說越白目，他很快看見帽犯成性露出熟悉的表情——想揍人的表情。

太久沒見本人，艾利西對這副樣子感到十分懷念，頓時笑得很開心。

如今他深深體會到，這個人就是自己的歸屬。可以在遊戲中與自己的歸屬相遇，這是多麼的幸運。

「抱歉，讓你擔心了。」扯完無關緊要的事，艾利西總算擺正態度道了歉。他自然曉得帽犯成性壓根不想去白陣營，是爲了他才去的。

若是在以前，帽犯成性肯定不會這麼做，這回帽犯成性可說是費盡心思，萬分忍耐地選擇了最適合艾利西的方法，讓艾利西自己突破難關。

帽犯成性爲他做得太多，千言萬語在內心翻騰，一向能言善道的艾利西竟不知該如何挑選合適的字句。

沉默了半晌，他才又對帽犯輕聲說：「對我而言，你是全世界最好的人。」

這一次，帽犯成性沒有再反駁這句話，僅是伸手將艾利西抱進懷裡。

「不過眞是失策，我姊眞的跟你講了我小時候幹的蠢事？我還在電話中告訴你我曾經被人打到住院，這下不是大部分的黑歷史都被你知道了？」

「有什麼關係嗎？我不是也告訴你我的了？」帽犯成性有些無語。雖然他明白艾利西其實也有自尊心，但這人連抱他大腿求組隊的「壯舉」都做過了，還會在乎自己的黑歷史被人得知？

「當然有關係啊！我就是不想被你知道我的黑歷史，還有剛剛在電話中……呃，有、有點失態的樣子？怎麼說都太不應該了。」

「……哪裡不應該？」帽犯成性的心沉了下來。

自從他們在茶會森林打了一架後，他就很介意某件事——艾利西也是個會哭會絕望的正常人，可是他幾乎不曾看過這一面。

多半是因爲他在艾利西內心深處的定位是「敵人」，所以艾利西才不願意暴露這部分吧。

「之前是因爲有其他原因，不過現在呢……」艾利西搔了搔臉頰，最後笑著坦承：「我只是無論何時都希望能讓你看到我最好的一面。」

帽犯成性萬萬沒想過是這個理由。

怎麼說呢，這個理由實在是……

只能說艾利西眞的是他的剋星。

「在紅心城抱著我的大腿求組隊是最好的一面？」

「是啊，凸顯我鍥而不捨的決心！」

帽犯成性面無表情盯著他。

「別說這個了，之前我不是有跟你打賭嗎？假如我贏了，你就要給我獎勵。但是我輸了，你居然搶先一步把黑陣營的BOSS幹掉了。」

話雖這麼說，艾利西的表情卻一點也不沮喪，反而略顯興奮。「所以照理來說，我應該要給你獎勵！」

帽犯成性依舊面無表情。

他當然知道艾利西為何興奮，這人正為自己能給他獎勵而洋洋得意。艾利西贏了能得到他的獎勵，輸了則反過來要給他獎勵，兩種情況都讓艾利西很愉悅，這樣有什麼差別嗎？

「是我該給你獎勵，我輸了。在那場戰鬥中，我跟莉莉西亞的血量都所剩無幾，只差一波大絕就能帶走。」

「不不不，是我輸了才對，因為黑陣營輸了。」

「我說過你打贏我就給，那場戰鬥是你贏了。」

「嚴格來說，我……」艾利西說到一半，忽然停了下來。他像是意會到什麼，仔細盯著帽犯成性。

帽犯成性眉頭一蹙，不太自在地問：「你怎樣？話不要說一半。」

艾利西的臉上綻開笑容。「你說的對，嚴格來說是我贏了，所以你必須給我獎勵。」

聞言，帽犯成性的眉頭鬆開了。

「可是你爲我做了這麼多，我也想爲你做些什麼。」

「你不是平時就在這麼做嗎？」即使沒有獎勵，艾利西也總是把最好的獻給他。

「哈哈，好像也是，你太了解我了。」艾利西低笑幾聲，終於不再糾結。

他仰起頭，一如既往地以閃亮亮的眼神注視著帽犯成性，而帽犯成性也凝視著他的眼眸。

縱使夜色深沉又如何？最閃耀的星辰就在他眼前。

艾利西輕啟雙唇，眼中帶著笑意緩緩開口。

「我想要的獎勵很簡單喔，就是——」

尾聲 與愛麗絲相守的帽匠

夜色之中，一名青年站在露天舞臺上，手持麥克風唱歌。四周一片寧靜，唯有青年的歌聲溫柔地迴盪，傳入在場聽眾耳裡。

舞臺下幾乎擠滿了人，不少學生拿著手機錄影，甚至還有人自製寫有青年名字的牌子，表達支持。

當他來到現場後，才發現青年在校內小有名氣，社群網站上的追蹤者人數也不少。他對社群網站沒什麼興趣，是聽在場的學生們談論才得知此事。

他不想站在前面人擠人，因此走到舞臺側邊的一棵樹下，靜靜聆聽青年演唱。

就像心有靈犀一般，青年忽然轉過頭，準確地找到獨自待在人群之外的他，與他四目相接。

然後，青年的臉上綻開燦爛笑容。

青年的笑顏太過美好，讓臺下的聽眾一時都看呆了，有些人隨著他的視線方向看去，可惜場中人山人海，沒人能確定青年究竟是對誰露出這般傾慕的燦笑。

臺上的青年自然是江牧曦，躲在角落……站在角落的人則是范子逸。

那一天，江牧曦提出的獎勵是要他來看他的社團期末成果發表會，這要求簡單得出乎范子逸預料，而他也履行了承諾。

先前當江牧曦上臺時，他聽見了開場以來最熱烈的歡呼聲。

這個人肯定從小就很受歡迎吧。

也因爲如此，當年江牧曦被圍毆時，才會比一般人更加痛不欲生，畢竟他的世界裡根本不該存在這種事；而范子逸卻完全相反，他從小就被人疏離畏懼。

儘管如此，在《愛麗絲Online》裡，彷彿命中注定般，他們相遇了。

范子逸是個理性務實的人，然而他卻逐漸開始相信這世上有所謂的奇蹟。

不知何時，江牧曦的歌聲停了，他站在臺上，眉眼間盡是溫柔。

「接下來的歌，我想獻給一個人。」江牧曦看著正前方的觀眾，然而范子逸聞言，立刻覺得這話肯定是說給自己聽的。

「我跟他相遇於夢中世界……」這番話讓觀眾們忍不住笑出聲，江牧曦連忙強調：「你們別笑，眞的是夢中世界沒錯啊。」

范子逸可以看到舞臺旁江牧曦的社團夥伴們掩面的掩面、望天的望天，還有人示意他閉嘴直接開唱。

「咳咳，總之呢，這不是重點。一開始我想打敗他，因爲我覺得打敗他就能戰勝自己的心魔，所以我纏上了他，天天找他麻煩、惹他生氣。可是隨著時間過去，許多事改變了，他跟我想像中完全不同，但我沒有失望，反而更加喜歡他了，找他麻煩的理由慢慢變成只是喜歡看他生氣的樣子。別人都說他生起氣來很可怕，可是我認爲非常有魅力，就算下一秒會被他打死也値得。」

「我以爲自己追逐他的眞正理由永遠不會被發現，然而最後他還是察覺了。他知道我其實只會耍嘴皮子，一點也不厲害，也知道我其實很遜，曾經和人打架輸得很慘。不過他沒有嘲笑我，還費盡苦心幫助我打開心結。他拯救了我，更保護了我過去保護不了的家人，多麼好的一個人是不是？對我而言，他就是全天下最好的人。」

「所以，我想唱歌給他聽，誰叫我別的不會，只有唱歌最行呢？也只有這種時候，我才不會讓他感到心煩。」江牧曦低低笑著，臺下議論紛紛，不少聽眾都在猜測他說的人到底是誰，可還沒找到人，江牧曦已經開口歌唱。

原本有些躁動的聽眾們紛紛安靜下來，這是一首節奏緩慢而溫柔的歌，他的歌聲無比繾綣，令人心醉。他闔上眼睛，將所有情感傾注到歌聲裡，那認眞的神情和動人的演唱吸引了所有人的目光。

作爲成發的壓軸，江牧曦令眾人聽得如痴如醉，在他唱完後，人們仍沉浸在優美的旋律中，久久無法回神。

他微微一笑，簡短說了幾句道別的話，並祝福大家能遇到自己心目中最好的人，然後便轉過身，腳步輕盈地步下舞臺。

「阿曦？你要回去了？」他的夥伴們聚集在舞臺旁，一見他背起包包，立即開口問道。「結束之後有慶功宴，不去了嗎？」

「不去了，我男神還在等我呢，先走啦。」

他這麼一說，夥伴們也不再阻止了，有人調侃他，也有人恭喜他，江牧曦笑笑地應了幾句。

他從後臺走出，正想著該怎麼繞過去找范子逸時，一隻手忽然牽住他，不由分說地把他拉走。

艾利西愣了一下，隨即揚起笑容，欣喜地跟上對方的腳步。

「我正想著要怎麼找你呢。」

「我想也是，所以在你鬧出騷動前我自己先過來，不用你找。」范子逸可沒忘記在紅心城時，這隻小白驚動全城找他的事，有了那次教訓，這次他在江牧曦把事情鬧大之前就趕過來了。

江牧曦嘿嘿笑著，跟著他逐漸遠離人群。

他們走在夜色深沉的校園裡，路上行人不多，幾名學生匆匆與他們擦身而過，也有人和他們一樣，不疾不徐地散著步。

「我唱得好不好？好不好？臺上的我有沒有特別棒？那些話有沒有讓你感動？」江牧曦搖著尾巴討賞，方才情歌王子的形象蕩然無存。

「我只知道你承認你就是喜歡惹我生氣。」

「啊哈哈，你不要只注意那個嘛，我可是向所有觀眾炫耀你有那——麼——好！」

想起剛才那些話，范子逸頓了頓，開口：「你不遜。」

「啊？」

「在那個世界裡，所有人都畏懼我，唯獨你不怕。正因爲你經歷了那樣的過去，努力克服了自己的恐懼，才能有這樣的成果。」范子逸瞄了他一眼。「你已經比許多人都來得勇敢了。」

江牧曦一時說不出話。他盯著范子逸好一會兒，最後露出自豪的笑容，看見他的模樣，范子逸覺得自己眞是栽得徹底。

江牧曦的姊姊沒有成功統治棋盤城，江牧曦倒是成功征服了他。

「現在還想打敗我嗎？」如今江牧曦的心願已經實現，范子逸認爲這傢伙應該不會那麼頻繁地找他麻煩了。

江牧曦很認眞地思考了幾秒，用力點了點頭。「嗯，因爲這樣才能看你落敗後氣炸的表情。」

「……」范子逸覺得自己現在就可以露出氣炸的表情給他看。

正當他打算教訓江牧曦時，江牧曦的手機忽然響起。江牧曦一臉「我現在有事你不能揍我」的囂張樣，接起了電話。

「喂，姊妳看到直播了？哈哈，我唱得好嗎？」

范子逸並不意外莉莉西亞會打來，這對姊弟把話說開後，就像那些衝突從未發生過似的，恢復了從前的相處模式。

有時家人之間的關係就是如此神奇，即使曾對彼此造成傷害，最後仍多半不會斷了聯繫。或許是因爲早已習慣生命中有對方存在，也或許是因爲愛。

「什麼？妳打算跟蘭斯洛特在現實中見面？不行不行！姊，網友都是狼，約出來他會把妳吃掉的！」

旁邊的某網友沉默不語。

范子逸大概可以猜到為何他們會這樣發展，在棋盤城戰爭結束後，許多事情都產生了變化。

先是莉莉西亞帶頭導正歪風，改善主城內的陣營對立，在毒蘋果女神的管控下，白陣營雖然打了勝仗，行為卻比以前收斂了不少。就在這時候，莉莉西亞放棄了失而復得的領主身分，退出了毒蘋果。

這件事引起軒然大波，不少人想挽留她，不過莉莉西亞心意已決，只帶著寥寥數名夥伴一同離開棋盤城。她這一走，梅萊的態度隨之一百八十度大轉變，原先有多愛她，如今就有多恨她，聽說梅萊變得非常討厭女人，也不避諱表明這點，讓許多棋盤城的女性玩家十分反感。

再加上精神支柱毒蘋果女神走了，有些男性玩家也以繼續待在毒蘋果會變得不受歡迎為由，紛紛求去。因此，失去了皇后的毒蘋果就像失去王的國家，再也無法像以前一樣強勢囂張。

此外，嵐月在風頭過去後，又回到了棋盤城，運用各方人脈與龐大財力再度獲得領主一職，而且還是黑陣營的。他根本不在乎自己屬於哪個陣營，只要領地位置夠好方便經商即可。另一方面，黑國王雖然失去了王位，依然作為菁英玩家活躍著，在戰爭中失利的他變得更加偏激，令白陣營的玩家都視他如洪水猛獸，於是棋盤城的勢力分布終於逐漸回歸平衡，白陣營欺侮黑陣營的狀況隨之慢慢絕跡。

而跟隨莉莉西亞離開棋盤城的夥伴之中，自然有蘭斯洛特，他們打算前往紅心城。經過這些風雨，莉莉西亞對蘭斯洛特有些另眼看待，不再單純把他當成工具人了，但江牧曦對此似乎不太滿意。

「說不定見到蘭斯洛特的眞面目，姊妳就幻滅了，畢竟很少有人像帽犯一樣現實中跟遊戲裡一樣帥。」江牧曦毫不在乎當事人就在一旁，繼續說道。「妳都不曉得，遊戲外的帽犯帥到我都要暈了。」

「我人就在你旁邊，收斂一下行不行？」

聞言，江牧曦轉向他，笑嘻嘻地用唇語說「不行」。看見那得意的笑容，范子逸想揍又揍不下去。

「啊？妳說腰上的傷？不不不，我沒有告訴帽犯啊。」江牧曦搖了搖頭，脫口說：「是他自己脫我衣服發現的。」

此話一出，電話另一端與他身邊的人都沉默了。

「什麼，妳要跟帽犯講話？妳怎麼知道他正在我旁邊？妳太神了姊！」江牧曦爽快地把手機遞給范子逸。「我姊找你耶，要接嗎？」

接就接，怕她不成？范子逸面無表情地拿過手機。

「你手腳太快了吧，我都還沒想好要怎麼跟爸爸說……」

聽著莉莉西亞這已經腦補到天邊的困擾語氣，范子逸依舊面無表情。他眞心覺得這對姊弟都很有事。

「不是妳想的那樣。」

「我不管，你把我弟迷得團團轉就要負起責任。」

「照妳這種邏輯，妳也要對很多人負起責任。」范子逸語氣冰冷。

莉莉西亞發出銀鈴般的清脆笑聲。「我還來不及跟你說呢，多虧你跟梅萊講了那番話，他來找我對質了。發生這麼多事，我也不想要他了，於是乾脆老實跟他承認，結果你猜怎麼樣？那傢伙超級崩潰，那屈辱的樣子眞是太令人上癮了。我以爲只有女人屈辱的表情才能讓我感到愉快，想不到男人也行，這種養到死心塌地再一口氣摧毀的感覺太棒了。」

「……」他還以爲經過那場風波後，莉莉西亞的良知又回來了，看樣子他完全誤會了。

毫無疑問，她就是個變態。

范子逸打算直接掛她電話，而莉莉西亞似乎察覺了，連忙阻止：「你先別急著掛我電話，我有話要跟你說。」

「我跟妳無話可說。」開什麼玩笑，他一點也不想再與這女人有半分瓜葛。

「眞的嗎？哪怕我知曉你的過去也無所謂？」

范子逸停下腳步，一旁的江牧曦跟著停下來，見他表情凝重，江牧曦頓時有些心慌。「我姊對你說了什麼嗎？」

「蘭斯洛特跟我說了他在國中時見過你的事，而同樣的事他也向曦曦說過，但曦曦威脅他，不准他說出去。他拚了命想保護你的名聲，不容許任何人用過去玷汙你。這件事你知道嗎？」

范子逸雙目微微睜大，沉默一下，低低回了句：「不。」

「你放心，既然曦曦想隱瞞，我也會看好蘭斯洛特的嘴的。不只你想保護他，他也想保護你。他不像你那麼強大，可是他也希望能讓你過得快樂，所以才總是不厭其煩地告訴其他人，還有告訴你，你有多麼的好。他這人就是這樣，喜歡一個人就會掏心掏肺，他對你的喜歡不是盲目，而是因爲了解你，所以才崇拜你、喜歡你。」莉莉西亞頓了頓，又道：「所以好好對待他，好嗎？我當年就是太沒用，才害他遭遇那種事。」

「……這種事不用妳提醒。」

在他說完後，莉莉西亞笑了。范子逸主動掛了電話，當他把手機還給江牧曦時，江牧曦依舊有些緊張地盯著他。

「我姊跟你說了什麼嗎？」

范子逸多少猜到了江牧曦緊張的原因。江牧曦大概是在擔心他知道了蘭斯洛特的事。要是他得知遊戲裡有認識過去的他的人存在，心裡肯定不會好受，於是江牧曦才打算隱瞞。

「沒什麼，她只叫我要對你好一點。」也許是不願讓江牧曦擔心，也許是貪圖江牧曦的體貼，最終他避重就輕地帶過了。

聽見這番話，江牧曦放下心來。

「哈哈哈，我姊都這麼說了，那你就更不能打我啦。」江牧曦放開他的手，蹦蹦跳跳地跑到前面去。

范子逸瞄了一眼空蕩蕩的手，目光跟隨著江牧曦，這才發現他們來到了第一次在現實中見面的地方。

江牧曦雙手背在身後，他的後方是噴水池。

池底的燈光在水中閃耀，點亮了整座噴泉，以及江牧曦對他展露笑容的臉龐，眼前的情景讓范子逸有種如在夢中的錯覺。

「還記得嗎？我們在現實裡第一次見面的地方。那時候我還以爲自己在作夢呢哈哈。」江牧曦望向范子逸，認眞地緩緩訴說。「我是眞的很想見到現實中的你，因爲我不想讓你只存在於我的夢中。那時我對你說的話都是眞心的，我不在意眞實的你是什麼樣子，因爲眞正的我也沒有多好。如果眞正的子逸不像遊戲裡那麼完美也很不錯啊，這樣更有親切感了。」

彷彿整個世界只剩下江牧曦一人，范子逸深深凝視著他，沉默無話。

江牧曦深知自己已經被牢牢鎖定，然而面對這個人近乎看穿他的眼神，他不會再感到心慌，反而相當安心。

他們在夢中相遇，最終走到了現實。被揭露的眞實非但沒有斬斷兩人之間的羈絆，反而使他們的關係更加緊密。

江牧曦展顏一笑，以最誠摯的語氣開口——

「能認識你眞是太好了，謝謝你。」

（全文完）

番外　你今天帶狗狗回家了嗎？

他行走於菁英之路上，受人仰望、被人欽羨。周遭的人都對他寄予厚望，認為他完美無缺，生來本該如此耀眼。

——只有他知道自己是如何的千瘡百孔。

他生於家境尚稱富裕的家庭，父母都有一定的社經地位，使他坐享豐富的教育資源。而他也不負父母期望，從小就在學業上展現優異的成績，天資聰穎、精明能幹，讓父母深感驕傲。

然而沒有人是完美的，這樣的他有個致命的缺點。

他完全不會給人好臉色，總是不苟言笑，隨時都一副人人跟他有仇的樣子。他天性高傲，不認為自己有必要改正這點，也容易生氣，誰要是惹他，他就必定揍回去，猶如一朵紅玫瑰，開得豔麗奪目，卻渾身上下生滿了刺。

說是中二也好，孤僻也罷，年少輕狂的他就是不願與人「同流合汙」，也因此在人群之中，他顯得格格不入。

受人瞻仰、遭人畏懼、被人厭惡，怎樣都好，他早就習以為常。他的父母不只一次被請到學校，然而縱使如此，父母也沒有多責備他。

「沒關係，有事情爸媽會處理的，你只要專心念書就好，爸爸媽媽不會讓任何人凝了你的路。」

父母總是這樣告訴他，幫他處理善後。他們知道他爲何跟同儕起衝突，也不只一次爲他暴戾的性子煩惱過，但因爲太過愛他，只能默默承受他惹出的麻煩。

父母對他的溺愛成爲他人攻擊的目標，同學們都戲稱他的雙親是怪獸家長。爲此他漸漸意識到，自己不能再這樣下去了。就算他不在乎，若因爲頻繁鬧事而導致未來出路受阻，父母肯定會很難過。

所以，他開始拔掉自己的刺，不再讓所有觸碰他的人都遍體鱗傷。他爲了愛妥協，也不負親人所望，在歸國之後成功踏上了菁英之路。

然而有一根刺始終扎在他的心頭，不管變得多受歡迎，他始終沒忘了自己是個怎樣的人。

以前除了父母以外，沒人相信他的好，如今人人都相信他的好，他卻再也不相信自己。他的心猶如凍結了一般，再多讚美都傳不進他的心底。

他從沒有捨棄過去的自己，只是把那個自己藏進內心深處。眞正的他是個不値得被愛的人，所以他也不信那些仰慕他的人，最後選擇來到夢中的世界。

他既活在現實中，也活在夢裡，在現實他是人人仰慕的菁英，在夢中他是人人畏懼的競技場死神。活在夢中讓他感覺比現實生活來得更加眞實，因爲夢裡的他才是人們本來該對他有的印象。

——直到在《愛麗絲Online》與那個人相遇前，他一直是這樣想的。

「子逸、子逸，你有在聽我說話嗎？」

一聲聲急切的呼喚令他回過了神，他轉頭一看，一名青年正坐在他身旁，因他遲遲不作聲而整個人快黏到他身上。

「你幹麼不回我——」青年哭喪著臉，嗚咽地說：「我只是問你喜歡什麼歌，想唱給你聽而已，你幹麼不回應，你不喜歡我的歌聲嗎？還是我剛剛在浴室唱歌太吵了，你現在只想叫我閉嘴？你想叫我閉嘴對吧？好啊我閉嘴給你看。」

他什麼都來不及說，江牧曦又道：「等等，我們還沒討論好之後要打什麼副本，不對，剛才應該是在討論下次要看什麼電影，你說你不想再跟我看鬼片，那——」

「閉嘴。」

聞言，江牧曦立刻乖乖閉嘴。這隻小白一秒堆滿笑容，期待地看他，等著回應。

范子逸擰了擰眉，瞬間覺得自己把這麼聒噪的人帶回家眞是有病，以前的他肯定不會做這種事。

「我只是想讓你開心而已。」與他不同，江牧曦並不避諱把自己的小心思說出來。「想了解你喜歡些什麼、平時做些什麼。因爲從你家的擺設完全看不出你的個人喜好，我只好自己問你了。」

個人喜好……

確實，他的家裡幾乎沒有能看出個人喜好的東……不，現在的話，好像有個東西勉

「……」

這人眞的很混蛋。范子逸不只一次這麼想過。

此後，週末時江牧曦偶爾會來他的家，也沒別的事，就是跟他一起看電視、玩遊戲，或者唱歌給他聽，僅此而已。明明沒什麼意義，范子逸卻覺得這樣度過週末也沒什麼不好。

他越來越習慣江牧曦在他身邊，雖然這麼說很奇怪，但和江牧曦待在一起時，他是感到放鬆的。

江牧曦能忍受他的沉默，喜歡他發怒，總是不厭其煩地變著法子討好他逗弄他，即使他從沒露出半點高興的表情，江牧曦卻總說想讓他開心。

在這之前，他不曾遇過這般賣命討好他的人。對於自己有多不討喜，他很有自知之明，所以會來討好他的人肯定都抱持著某種目的。

然而艾利西徹底推翻了這點，他明白，艾利西會討好他，就只是因爲認爲他很好、很喜歡他罷了。

自己眞的有好到……値得這麼耀眼的人爲自己掏心掏肺嗎？

「你先想想明天要去看什麼電影，我來想想今天要打什麼副本。要跟誰一起刷副本呢？紅心城附近可以找姊姊他們，茶會森林的話可以找夜夜跟貓不笑他們，離棋盤城不遠的副本也可以找伊絲莉，大家都會很樂意跟我們一塊刷副本的。」

范子逸瞄了他一眼。「確定是我們？不是你？」

「當然啊，你打怪這麼厲害，又會保護我們這些等級比較低的輔助型玩家。我姊說論護衛沒人比得上你，比騎士職業還可靠一百倍！連夜夜都有跟我稱讚你喔。」江牧曦笑咪咪地說。「而且你看不出來嗎？其實伊絲莉會想找你聊天，貓膩他們也會想和你切磋技巧，大家都很樂意跟你組隊的。」

他完全不知道這些事。

雖然最近他確實有察覺到大家的態度越來越友好，那些圍繞在江牧曦周遭的人都會向他搭話。莉莉西亞會向他講一些他根本不想了解的事，伊絲莉會和他抱怨莉莉西亞有多麼討厭，就連夜夜笙歌也重新對他釋出善意，偶爾會跟他聊幾句。當他走在路上，依然能感受到畏懼與厭惡的目光，然而更多的是仰慕與崇拜的視線。

他依舊是撲克競技場令人畏懼的死神，但是許多人都知道他在棋盤城的事蹟，也知道在戰爭結束後，這位左右了棋盤城命運的大神便立刻退出毒蘋果公會，回到他家愛麗絲身邊。

他跟著艾利西到處遊山玩水刷副本，在三座主城之間來來去去，他在棋盤城的聲望一度壓過白國王，不過也沒趁機撈個領主做，依舊被他的愛麗絲包養著。

昔日的競技場之王如今沒有那麼容易在撲克競技場找到了，不過大家都曉得他去了哪裡，那個愛麗絲的身旁必定會有他的身影。

「今天不打副本。」

「咦？爲什麼？」

范子逸瞄了江牧曦一眼。「既然都決定今晚要在我家過夜，就不要再想著去其他地方了。」

他隱約能體會那些常抱怨男友都顧著打遊戲的女生的心情了……好在江牧曦沒有多問什麼，聽了這番話只是單純地笑逐顏開。

看著他的模樣，范子逸感覺心底湧上一股莫名的情緒。

他的胸口暖暖的，平靜而滿足，只希望這一刻永遠持續下去。

若要給這份心情一個名字，他認爲最貼切的詞彙大概就是「幸福」了。

他認爲自己不値得被愛，所以不肯相信江牧曦的甜言蜜語，然而江牧曦卻一再訴說著他有多好，即便得知他的過去也依然不改想法。

棋盤城戰爭結束之後，他的愛麗絲甚至露出無比眞誠的笑容，說他是全世界最好的人。

在那一刻，范子逸終於相信了。

他在棋盤城戰爭中的所作所爲，不僅拯救了江牧曦，也拯救了他自己。

他發現他終究還是想要相信自己値得被愛，唯有如此，他才能相信自己不是活在謊言裡。而江牧曦鮮明無比的純粹情感，令他看見了眞實。

他們相遇在眞實與謊言交雜的愛麗絲之夢裡，歷經種種風波，最後終於得以並肩同行。

無論未來會如何，他都會好好牽住這個人，絕不放手。

後記　從夢境中回到現實的愛麗絲

又到了草草泥的後記時間了，謝謝大家看到這裡。

成爲出書作家後，每次下筆寫新故事時都會顧慮很多——這樣寫眞的沒問題嗎？大家會喜歡這個故事嗎？

想來想去，最後每一次都還是決定寫自己喜歡的、想寫的故事。抱持著這樣的心情一路走到今天，出版了第十本書，眞的很感謝編輯，還有看到這裡的你們。

在我所出版的作品裡，《愛麗絲Online》第三集是最讓我忐忑不安的一集，在撰寫過程中也遇到許多困難。經過編輯的建議，我很努力地修稿，以將故事最好的樣子呈現給大家，不曉得大家對這集有什麼想法呢？

這一集主要在講述艾利西追逐帽犯的原因，而要說明原因，就不得不扯到莉莉西亞。我偏愛寫這種由於家庭因素導致性格扭曲的角色，請各位原諒我。

不瞞大家說，其實我有個認識的人與莉莉西亞有些相似，只不過對方是位男性。（咦）修稿時我一度卡得很慘，但想想認識的那個人，試著以對方的角度思考後，我就茅塞頓開了。

棋盤城戰爭可說是女人之間的戰爭，莉莉西亞因爲繼母的關係，很容易對同性燃起敵意，跟伊絲莉剛好是相反的類型。莉莉在現實中沒什麼同性朋友，異性朋友很多；伊絲莉則是同性朋友一堆（有時還會莫名其妙被告白），異性朋友則很少。

一個把艾利西視爲無論何時都該挺自己的弟弟，一個把艾利西當成對自己很好的哥哥，艾利西夾在中間表示非常爲難。而帽犯這時很聰明地代替艾利西跑去白陣營，刷刷姊姊對自己的印象分，因此最終莉莉西亞總算同意讓他與艾利西在一……咳咳，我是說把艾利西交給他。

在第一集，艾利西與帽犯初識彼此，他們在網遊世界中擺脫了束縛做自己，彼此看到的都是對方最光鮮亮麗的一面；第二集，他們更進一步了解對方，也終於對現實中的彼此有了初步認識；最後到了第三集，不管兩人願不願意，自己最不堪的過往都被迫揭露，他們不再光鮮亮麗，甚至可說是相當狼狽。所幸無論是艾利西還是帽犯，在了解到對方最不堪的一面後，都仍毫不猶豫地伸出援手，也因此一同度過了難關。

初次撰寫網遊小說，我心底想寫的是這樣的故事——在網路世界，人人都可以隨心所欲做自己，但回到現實，大家又是另外一種模樣。

在第三集裡面，不只艾利西與帽犯，也有稍微提及現實中的夜夜與伊絲莉。這便是我對於網遊最喜歡的部分，在與其他玩家交流的過程中，往往也可以漸漸窺得他們現實生活的樣貌。有些人甚至可能是你在現實裡幾乎不可能遇見的對象，卻因爲遊戲而有了聯繫。

艾利西與帽犯的故事在此終於有個圓滿的結束，謝謝大家看到這邊。我是個特別幸運的作者，因爲有你們的支持，才能一路走到今天，往後我同樣會繼續努力精進，寫出更好的故事來的。

草草泥

國家圖書館出版品預行編目資料

愛麗絲Online. 3, 棋盤篇 / 草草泥著. -- 初版. -- 臺北市；城邦原創出版：家庭傳媒城邦分公司發行, 民 107.10
面； 公分

ISBN 978-986-96968-2-1（平裝）

857.7 107017831

愛麗絲Online 03（完） 棋盤篇

作　　者／草草泥
企畫選書／楊馥蔓
責任編輯／陳思涵

行銷業務／林政杰
總 編 輯／楊馥蔓
總 經 理／伍文翠
發 行 人／何飛鵬
法律顧問／元禾法律事務所　王子文律師
出　　版／城邦原創股份有限公司
台北市中山區民生東路二段 141 號 6 樓
電話：(02) 2509-5506　傳眞：(02) 2500-1933
E-mail：service@popo.tw
發　　行／英屬蓋曼群島商家庭傳媒股份有限公司城邦分公司
聯絡地址：台北市中山區民生東路二段 141 號 11 樓
書虫客服服務專線：(02) 25007718・(02) 25007719
24小時傳眞服務：(02) 25001990・(02) 25001991
服務時間：週一至週五09:30-12:00・13:30-17:00
郵撥帳號：19863813　戶名：書虫股份有限公司
讀者服務信箱 email：service@readingclub.com.tw
城邦讀書花園網址：www.cite.com.tw
香港發行所／城邦（香港）出版集團有限公司
地址：香港灣仔駱克道 193 號東超商業中心 1 樓
email：hkcite@biznetvigator.com
電話：(852)25086231　傳眞：(852) 25789337
馬新發行所／城邦（馬新）出版集團 Cité(M)Sdn. Bhd.
41, Jalan Radin Anum, Bandar Baru Sri Petaling,
57000 Kuala Lumpur, Malaysia.
電話：(603) 90578822　傳眞：(603) 90576622
email:cite@cite.com.my

封面插畫／SIBYL
封面設計／蔡佩紋
印　　刷／漾格科技股份有限公司
電腦排版／陳瑜安
經 銷 商／聯合發行股份有限公司
客服專線：(02)2917-8022　傳眞：(02)2911-0053

■ 2018 年（民 107）10 月初版　Printed in Taiwan

定價／250元

ISBN 978-986-96968-2-1